Aniceto, el vencecanguelos

Premio C.C.E.I. 1982

Consuelo Armijo

Premio Lazarillo 1974

Premio El Barco de Vapor 1978

ediciones **sm** Joaquín Turina 39   28044 Madrid

Colección dirigida por **Marinella Terzi**

Primera edición: julio 1981
Decimosexta edición: abril 1993

Ilustraciones y cubierta: *Margarita Puncel*

© Consuelo Armijo, 1981
  Ediciones SM
  Joaquín Turina, 39 - 28044 Madrid

Comercializa: CESMA, SA - Aguacate, 25 - 28044 Madrid

ISBN: 84-348-0902-8
Depósito legal: M-11448-1993
Fotocomposición: Fototec, SA
Impreso en España/Printed in Spain
Imprenta SM - Joaquín Turina, 39 - 28044 Madrid

1 *El dragón*

COMO te llamas?
–Aniceto.
–¡Huy, qué nombre tan feo! –Y
todos rieron.
–Vamos a hacer una carrera.
–Seguro que pierde Aniceto.
–¡Seguro!
–¡A la una, a las dos y a las tres!
Y todos echaron a correr.
Pero ¿quién había atado las pier-
nas de Aniceto que se movía tan
despacio?
–Pierdo, pierdo –pensaba Aniceto
sin hacer ningún esfuerzo por desa-
tarlas. Y, claro, perdió.
Siguieron jugando y mientras los
otros se divertían, ganaban o per-
dían, Aniceto siempre perdía y los

demás se reían; así que acabó yéndose a su casa a jugar él solo.

Jugó a que hacía una carrera de saltos con todos los demás niños del parque. Saltó por encima de los armarios, pasó rozando las lámparas y, naturalmente, ganó. La gente aplaudía y sus compañeros se pusieron rojos de envidia.

Estaba Aniceto saludando a sus admiradores, cuando llamaron a la puerta y apareció el vecino de abajo, que también estaba rojo, pero era de ira.

—Podías dejar de dar esos saltos. ¿Es que no sabes que vive gente debajo?

Aniceto se puso rojo de vergüenza (que es otra tonalidad de rojo) y dijo que perdonara. Cuando el vecino se fue, sus admiradores habían desaparecido. ¡Todo había sido de mentira!

Luego jugó a que era un caballero y vencía a un dragón gracias a su gran valor. Y entonces llegó su madre y le regañó mucho, porque en la lucha había roto el brazo de una butaca, el respaldo de una silla y la pata de una mesa.

—Pero es que había un dragón —trató de explicar Aniceto.

—¡Ni dragón ni canastos! —dijo la madre—. Vete al parque a jugar. En casa no haces más que estorbar.

Y Aniceto salió, lamentando mucho que no hubiera dragones de verdad para poder vencerlos. ¡Seguro que lo hacía, puesto que para vencer a un dragón —todos los cuentos están de acuerdo— lo único que hace falta es valor!

Llegó al parque y...

—¡Aniceto, cara de abeto! —gritó uno de sus compañeros al verle.

Y todos los demás rieron.

Entonces Aniceto lo vio... Vio al dragón. Tenía doce pares de ojos que le miraban burlonamente, doce bocas que al reírse lanzaban llamas de fuego. ¡Qué barbaridad! Sus compañeros de juego se habían convertido en un dragón.

–Vamos a hacer una carrera –gritó el dragón con una de sus bocas.

–Seguro que pierde Aniceto –agregó otra.

–¡A la una, a las dos y a las tres! –El dragón echó a correr.

–¡Que se escapa! ¡A por él! –se dijo Aniceto corriendo tras él.

Y lo hizo con tal ímpetu que las cadenas con que el dragón había atado sus pies se rompieron. Sí, se rompieron ante su gran valor, porque eran cadenas de miedo. Aniceto alcanzó al dragón y de un soplo lo mató. En su lugar volvieron a aparecer sus compañeros que estaban corriendo, ¡y Aniceto siguió con ellos!

Y... ¿ganó? Bueno, no, no ganó, pero llegó el tercero que es muy buen puesto.

–¿Quién dijo que yo iba a perder por llamarme Aniceto? –preguntó.

Y resultó que Aniceto siguió jugando con sus compañeros. A veces ganaba, a veces perdía, pero se divertía.

¡Ah! Y si alguien le gritaba:

–¡Aniceto, cara de abeto!

El contestaba:

–Pues tú te llamarás Ramón, pero tienes cabeza de melón.

O bien:

–Julia, nariz de alubia.

Y otras muchas cosas más. Todo dependía de quién se lo llamara. Comprenderéis que eso de contestar en verso, para él que había matado a un dragón, era cosa fácil.

2 *El loro*

¿CUANTAS son dos y dos? –preguntó el profesor.

La clase quedó en silencio. Aniceto sumó con los dedos y le salieron cuatro, pero como nadie decía nada él también calló. ¡La pregunta debía de ser dificilísima! ¡Seguro que se había equivocado!

–¿Será posible que nadie lo sepa? –exclamó el profesor, extrañado.

–Cuatro –dijo entonces Aniceto muy bajito, con mucho miedo.

–¿Eh? ¿Alguien ha dicho algo por ahí?

–¡Cuatro! –gritó el compañero de pupitre de Aniceto que era un vivales. ¡Seguro que lo había oído!

–¡Perfecto! –exclamó el profesor.

Aniceto se enfadó.

–¡Eres un cerdo! –le dijo al compañero.

–¡Y tú una gallina! No te atreves a hablar, sólo a susurrar.

Las dos cosas eran verdad. ¡Vaya par!

–Y cuatro y cuatro ¿cuántas son? –decía ya el profesor.

Aniceto volvió a contar de prisa y chilló:

–¡Siete!

–No –dijo el profesor–, falta una.

–Ja, ja, ja –rió su compañero.

Aniceto estaba furioso, y ya no dijo nada durante toda la clase por miedo a equivocarse. Aunque hubo preguntas a las que hubiera podido contestar perfectamente.

Cuando llegó a su casa tuvo una idea: cogió la máquina de calcular de su padre, la metió en la cartera y al día siguiente se fue con ella a la escuela.

–Cada caja contiene doce canicas

–empezó el profesor–. A Andrés le regalaron catorce cajas. El ya tenía seis canicas, pero jugando con todas perdió nueve. ¿Cuántas canicas le quedaban?

¡Dios mío! Eso no estaba previsto. ¿Qué teclas habría que pulsar? Debían de ser... Pero no, no. Aniceto tuvo miedo de equivocarse otra vez y no pulsó ninguna. Sus compañeros ya chillaban:

–¡Mil!

–¡Doscientas!

–¡Doscientas cincuenta y cinco!

Alguien había acertado y Aniceto sólo había callado. Pero...

En cuanto salió del colegio tuvo otra idea: corrió a su casa, rompió la hucha y se marchó de compras.

Recorrió todas las tiendas de su barrio y las del barrio de al lado, que tenía fama de tener muy buen comercio, pero en todas recibió la misma respuesta: «No, no tenían ningún robot que supiera hacer

problemas, sumar, restar, multiplicar, dividir, y, a ser posible, historia, geografía y ciencias naturales.»

Aniceto llegó a su casa tan cansado que se quedó dormido en una silla. Cuando despertó vio algo sorprendente, algo inesperado, algo que se parecía a un robot, pero que era mucho más bonito y brillante.

–¡Hola! –dijo Aniceto.

–¡Hola! –contestó el otro.

–¿Eres un robot?

–No, soy algo mejor.

Aniceto decidió no andarse por las ramas:

–¿Sabes hacer problemas? –le espetó.

–Pues claro.

–¿Y geografía?

–No, no tengo ni idea.

–¡Qué pena!

–Pero la puedo aprender si tú me lees la lección. Yo no tengo ojos.

¡Era verdad! No tenía ojos, ni boca tampoco. Hablaba de una manera muy rara. No se oía lo que decía; se pensaba.

Aniceto empezó a leer la lección y a repetir las cosas más difíciles, hasta que el extraño ser, que por cierto, dijo llamarse Seso, exclamó:

–¡Ya me la sé!

Y al día siguiente Seso y Aniceto fueron juntos al colegio. El profesor empezó con su rollo: Que si una señora se había dejado los grifos abiertos –¡qué descuidada!– y que si yo qué sé cuántas cosas más. Y resultaba que el problema era lo que iba a tardar en llenarse de agua la habitación. ¡Qué tontería! ¡El problema era lo que iba a tardar después la señora en recoger toda el agua!

Pero Seso, desde debajo del pupitre donde se había escondido, se puso a trabajar y a dictar a Aniceto números y más números, y al final salió que la habitación tardaría en llenarse seis horas y cuarto. Aniceto lo dijo muy convencido.

–Casi, casi bien –repuso el profesor–. Son seis horas solamente.

Pero Seso dijo, y Aniceto lo fue repitiendo, que no, porque antes de que estuviera llena seguro que se había organizado una gotera en el piso de abajo y se había perdido agua, y que por eso había calculado un cuarto de hora más.

El profesor repuso que eso sería en la práctica, pero que éste era un problema teórico.

Después de discutir un poco sobre la teoría y la práctica, Seso dijo que bueno, que si era un cálculo de mentirijillas, que bueno.

Aniceto estaba admirado. ¡Vaya inteligencia la de Seso! No era un robot que sólo sabe dar la respuesta sin más explicaciones, era algo mucho mejor.

En clase de geografía Seso estuvo brillante. Bueno, tuvo algunos fallos, como cuando dijo que la Pampa era un baile parecido a las sevillanas, pero en conjunto se supo la lección. ¡Había valido la pena léersela la noche anterior!

Ese día Aniceto se fue a su casa contentísimo. Había solucionado su problema. En cuanto llegó se metió en su cuarto y se dispuso a leer a Seso la lección de historia. La casa estaba silenciosa y tranquila y Seso escuchaba atentamente. De repente resonó en el patio la inconfundible voz del loro del portero:

—¡Ay mi reuma! ¡Ay mi reuma! —decía.

Seso se asomó.

—¿El loro tiene reuma? —preguntó.

—No, lo tiene el portero.

—¡Ah! es otro como tú.

—No, yo no tengo reuma.

—¡Digo el loro! Es como tú. Dice lo que piensan los demás.

Aniceto se quedó cortado, sin saber qué contestar.

—Yo no soy un loro —dijo al fin.

—¡Pues lo pareces!

Aniceto pensó y, en esto, se dio cuenta de una cosa: que de leérsela a Seso, se había aprendido perfectamente la lección de historia.

—¡Apuesto a que me la sé mejor que tú! —dijo enfadado.

—Vamos a ver —dijo Seso.

Se hicieron preguntas el uno al otro y resultó que empataron. Los dos se la sabían muy bien.

—Pero tú no sabrías hacer el problema de los grifos —dijo Seso.

—¡A que sí! —contestó Aniceto.

Y lo hizo él solito, pero no sacó la misma conclusión que Seso, porque Aniceto pensaba que por la gotera había que calcular que la habitación tardaría en llenarse no un cuarto de hora sino una hora más. ¡Con lo mal hechas que estaban las casas! ¡Seguro que había calado enseguida!

Y estaban en lo más interesante de la discusión cuando, de repente, Seso dijo:

—Adiós, tengo una cita.

Y desapareció tan misteriosamente como había venido.

Aniceto lo sintió, le había tomado cariño. Pero estaba contento por otra cosa: Se había dado cuenta de que ser un niño que piensa es mejor que ser un loro de repetición. Aunque a veces se equivoque uno, ¡caramba!

3 *El bosque*

AL otro lado de la ciudad donde vivía Aniceto había un bosque. Aniceto lo había visto muchas veces desde la carretera, pero nunca había entrado. Y un día se decidió y entró.

Después de andar un rato, se encontró rodeado de árboles por todas partes. ¡Qué de sombras! ¡Qué de ruidos misteriosos! El bosque era tan grande que Aniceto no sabía hacia dónde andar.

–¡Si tuviera un mapa o una brújula! –pensó–. A lo mejor hay lagos preciosos, o cuevas llenas de tesoros, y yo aquí haciendo el tonto.

Y entonces, hete aquí que allá, un poco más lejos, clavado en un árbol, vio un indicador que, aunque no fuera ni un mapa ni una brújula, también servía.

Aniceto echó a correr hacia él, metió el pie en un hoyo y se cayó.

–Lo que no se puede hacer es caminar sin mirar –se dijo a sí mismo, enfadado.

Y, ya con más cuidado, llegó al indicador.

Este tenía tres flechas que señalaban: Una, *A las blancas nieves eternas.* Otra, *A la misteriosa caverna.* Y la tercera, *A las minas de oro.*

Aniceto estaba perplejo. ¡Qué bonita era la nieve! El oro no estaba mal. Con él podría comprar y comprar. Y ¿qué tendría la misteriosa caverna? A Aniceto le picó la curiosidad y hacia allí empezó a andar.

A los pocos pasos encontró un lago, tan ancho, tan ancho que no sabía cómo pasar, así que volvió hacia atrás y tomó la dirección de *las blancas nieves eternas.*

Pero por el camino pensó que él

no sabía esquiar. Cuando llegara allí ¿cómo se iba a menear? Así que Aniceto otra vez volvió hacia atrás, y empezó a andar hacia *las minas de oro*.

Mas apenas había andado un trozo, cuando comenzó a dudar si volver otra vez hacia atrás. *A la caverna misteriosa* era adonde más le gustaría llegar. Una voz resonó entonces:

—Aniceto, Aniceto, decídete de una vez. Yendo hacia delante y hacia atrás, a ningún sitio vas a llegar.

¿Quién había hablado? Parecía la voz de su padre, pero ¡imposible! Si su padre se había quedado en casa haciendo la declaración de la renta...

Bueno, no importa quién fuera. Aniceto se había decidido. Iría a *la caverna misteriosa*, y no importaba ninguna dificultad.

Y andando, andando volvió a llegar al lago y... ¿cómo no lo había pensado antes? ¡Si era verano! Lo podría pasar a nado. Pero se acordó de cómo se cayó antes y, como precaución, Aniceto cogió un tronco de árbol. Con él avanzaría más despacio, en cambio si se cansaba podría descansar. Al cabo de un rato Aniceto estaba al otro lado.

Esa parte del bosque era la más sombría. Los árboles eran muy altos y sólo se veían cachitos de cielo por donde caía el sol. En esto ¡cuidado! por allí se meneaba algo. Debía de ser algún animal.

Aniceto agarró un garrote muy bien agarrado, por si las moscas, aunque estaba seguro que no eran las moscas las que se habían meneado ¡qué va! era algo mucho mayor. ¡Allí estaba! Era un león.

Aniceto tuvo miedo y quiso volver hacia atrás, pero en vez de eso se quedó muy quieto, muy quieto y empezó a pensar. ¿No habría algún medio de pasar?

El animal parecía tranquilo. ¿Y si pasaba sin hacer ruido? Pero entonces se acordó de cómo se cayó antes, por andar sin precaución. Más valía ser prudente. El león era fuerte, pero Aniceto inteligente y sabía que los leones tenían miedo al fuego, lo cual de mucho no servía, porque no tenía cerillas, pero ¡ya está! El león no sabía trepar y los árboles eran tantos y estaban tan juntos que se podía ir de rama en rama. Aniceto trepó y así fue pasando de árbol en árbol, con mucho cuidado, porque si se caía desde arriba ¡menuda la hacía! Y así siguió hasta que estuvo lejos del león, que por cierto no le hizo ningún caso, ni siquiera se meneó cuando un fruto se desprendió de un árbol y le vino a dar en las mismísimas narices, y es que muchas veces ¡no es tan fiero el león como lo pintan!

En cambio las ardillas ¡qué pesadas! empezaron a salir a manadas y chillaban mucho a Aniceto, y se le enredaban en las piernas, y se ponían delante de él para que no pasara. Aniceto las espantaba con el garrote cuidando de no hacerles demasiado daño, porque ¡animalitos!

Después de pasar siete barrancos, una montaña altísima que creyó que nunca iba a terminar de subir, pero que resultó que sí, que al final terminó, llegó a una caverna en cuya puerta estaba escrito: *La misteriosa caverna.*

Aniceto entró temblando de emoción y encontró, encontró... Pero en esto a Aniceto se le nubló la vista y todo desapareció.

La caverna se había convertido en una elegante sala donde había mucha gente.

–¡Se concede el premio Nobel de descubrimiento a Aniceto López! –decía un señor que presidía la sesión.

Pero ¡si no pasaba nada de eso! ¡Qué imaginación tenía Aniceto! No estaba en ninguna sala, sino en una caverna llena de rocas de colores. La luz entraba por unas grietas formando unos haces preciosísimos. Todo era bonito y misterioso. Aniceto se quedó allí un rato, la mar de contento. ¡Había llegado a donde quería! Luego volvió a su casa cantando por el camino que, por cierto, no se sabe por qué ahora era cuesta abajo y no había leones ni montaña, aunque las ardillas seguían dando la lata. ¡Qué pelmazas! Aniceto iba satisfecho, porque pensaba que la vida es como un bosque y él llegaría a donde quisiese. Sería investigador aunque se opusieran leones, ríos y montañas. ¡Ah! y también ardillas, que no os creáis que no eran cosa fina.

4 *Tía Carmen y tío Leopoldo*

ANICETO tenía unos tíos muy altos. Se llamaban Carmen y Leopoldo. Andaban muy tiesos y a Aniceto le daban mucha vergüenza.

Un día su madre le dijo:

—Mañana vienen a comer tus tíos Carmen y Leopoldo. ¡A ver cómo te portas!

A Aniceto no le hizo ninguna gracia la idea.

—¿No puedes decir que me he ido al Perú? Comeré en la cocina sin que me vean.

—¡Pero qué tonterías dices, Aniceto! ¿Cómo te vas a haber ido tú solo al Perú?

—No, si no me he ido. Pero digo que si puedes...

–¡A callar! ¡Comerás en la mesa con todo el mundo!

Aniceto se quedó muy preocupado. ¡Con la vergüenza que le daban sus tíos!

Amaneció el día siguiente, y Aniceto se levantó con el pie izquierdo, que dicen que da mala suerte. Luego se lavó la cara con la mano derecha, se peinó con un peine de concha, y fue a desayunar.

Su madre estaba atareada en la cocina haciendo canapés para el aperitivo.

–Aniceto, por favor, ¿quieres llevar esta bandeja al cuarto de estar?

Aniceto cogió la bandeja, que era una preciosidad. Canapés rojos, verdes, de todos los colores estaban colocados en filas con gran armonía. Pero Aniceto estaba muy nervioso pensando en cómo saludaría a sus tíos, tan altos, tan tiesos y ni se fijó. Igual no llegaba a darles un beso, de altos que eran, seguía pensando

Aniceto, y los canapés empezaron a menearse en la bandeja, y en esto, yo no sé cómo fue, que todos se cayeron al suelo.

Aniceto los volvió a colocar lo mejor que pudo (no quedaron mal). Luego fue al cuarto de baño, y con una esponja limpió el suelo. ¡Ya estaba! Allí no había pasado nada. Su madre ya le llamaba:

—Aniceto, ¿quieres colocar estas copas encima de la mesa?

Aniceto cogió la bandeja, y mientras la llevaba pensaba si sería mejor dar la mano a sus tíos en vez de un beso, o procurar que no le vieran y no saludar de ninguna manera. Y entonces tropezó, y todas las copas se cayeron y empezaron a rodar por la alfombra. ¡Menos mal que no se rompieron!

Aniceto las volvió a colocar y decidió irse a pasear. Si seguía en casa y su madre le pedía más favores ¡vaya usted a saber lo que podía pasar!

Cuando volvió ya era casi la hora de comer. Sus tíos acababan de llegar. Estaban solos en el cuarto de estar. La puerta estaba abierta y Aniceto no se atrevía a pasar. Se quedó pegado a la pared del hall tomando valor, y desde allí, por una rendija, vio... y oyó...

—Estoy preocupado —decía el tío Leopoldo—. Hace tanto que no nos vemos que no sé de qué vamos a hablar en esta comida.

—¡Bah! No te apures y pásame un canapé —dijo la tía Carmen.

El tío cogió la bandeja, pero debía de estar nervioso porque los canapés empezaron a menearse y todos cayeron al suelo.

—Seguro que es que está pensando en cómo va a saludar —se dijo Aniceto.

—¡Qué torpe eres! —dijo la tía—. Ayúdame a recogerlos.

Entre los dos lo hicieron, pero no los dejaron tan bien como Aniceto.

–Claro, como no es su casa, están más apurados –pensó Aniceto con condescendencia.

Ahora los tíos estaban limpiando el suelo con un pañuelo, y en esto la tía dio un empujón con el trasero a la bandeja de las copas y ¡todas se cayeron a la alfombra! A Aniceto le entraron ganas de reír.

–¡Eres tonta! –dijo el tío.

–¡Calla y ayúdame a colocarlas! ¡Dios mío, qué vergüenza! ¡Menos mal que no se han roto!

Las colocaron, pero ¡algunas del revés!

A Aniceto le dieron lástima. Esperó a que hubieran acabado y luego entró para darles ánimo y demostrarles que lo iban a pasar muy bien comiendo con él.

–¡Hola, tía Carmen, hola, tío Leopoldo! –dijo dándoles un beso.

Y no hubo problema ninguno. ¡Los tíos se agacharon!

La tía Carmen era alta y muy

guapa, y el tío Leopoldo estaba calvo de tanto pensar, y era director, o presidente, o algo importante de algún sitio también importante, pero el caso es que tiraba los canapés igual que Aniceto, aunque luego los recogiera peor.

–Todos somos iguales –pensaba Aniceto, magnánimo, mientras contestaba sonriendo a las preguntas algo tontas que le hacía la tía Carmen.

¡Qué bobo había sido! ¿Valía la pena tener vergüenza de una señora que tira las copas con el trasero?

5 ¡Parrisclisclás!

ANICETO estaba furioso: hacía tres noches que casi soñaba que tenía un balón de reglamento, pero al final la cosa se estropeaba y resultaba que se quedaba sin balón.

La primera noche soñó que estaba allí su hada madrina. Bueno, el caso es que la madrina de Aniceto no era ningún hada, sino su tía Pepa, pero como llevaba una varita mágica, Aniceto pensó que a lo mejor se había convertido en hada.

–Aniceto querido –dijo la tía Pepa–, dime qué es lo que más deseas.

–Un balón de reglamento –aseguró Aniceto.

La tía movió la varita y, *Parriclisclás,* sonó. Pero como era novata, en vez del balón apareció un autobús de dos pisos. Y cuando se iban a montar, el autobús hizo: «Bum», echó a correr y desapareció.

La tía estaba algo azarada. Aniceto no se acuerda muy bien de lo que pasó luego, le parece que la tía Pepa se convirtió en estrella y se fue al cielo.

La segunda noche apareció un hada de verdad. ¡No cabía duda! ¡Nada más había que verla con su traje de lentejuelas y su cucurucho de papel de plata! ¡Si no le faltaba detalle!

–Aniceto querido –dijo–, dime qué deseas.

–Un balón de reglamento –contestó Aniceto, erre que erre.

El hada movió la varita mágica y, *Parrisclisclás,* sonó, y apareció ¡¡¡Un burro!!!

Aniceto se quedó estupefacto. Si era una profesional, ¿qué es lo que había pasado allí?

El burro hizo: «Iooo, Iooooo», y así estuvo rebuznando hasta que amaneció y Aniceto se despertó.

A la tercera noche apareció una hechicera.

—A ver si ésta me da mejor resultado —pensó Aniceto.

Y acercándose a ella con mucha educación le preguntó:

—Señora ¿me podría conseguir un balón de reglamento?

La hechicera sacó un caldero, hizo hervir varias cosas y, *Parrisclisclás*, el caldero explotó y de balón nada. ¡Había aparecido una sandía!

Entonces empezó a sonar el despertador y hasta la sandía desapareció.

Aniceto estaba harto. Para eso prefería no soñar nada.

Y hete aquí que un día se hallaba Aniceto tan entretenido en clase de geografía, haciendo el crucigrama de un T. B. O., cuando apareció el entrenador de fútbol, muy colorado, muy nervioso.

–Jaime, el portero del equipo que tenía que jugar contra el colegio de al lado, se ha roto un pie –anunció–. Aniceto ¿querrás sustituirle tú?

Aniceto era, sin duda, el mejor portero de su clase y él lo sabía. Se levantó temblando de emoción. ¡Iba a jugar en un partido importante! ¡Habría espectadores! Todo había sucedido así, tan de golpe, que Aniceto se puso nervioso.

Era un puro manojo de nervios cuando se colocó en la portería y el partido empezó. Aniceto estaba pendiente del balón. ¡Que viene! ¡Que no! ¡Que sí! ¡Que no! ¡Que sí! Sí, no había duda, el balón se dirigía a la portería. Aniceto corrió a situarse, pero estaba tan nervioso que su imaginación le jugó una mala pasada:

–*Parrisclisclás* –le pareció oír.

Y rapidísimamente, como quien ve un relámpago, se imaginó a sí mismo caído en el suelo mientras el balón se colaba dentro de la portería por la derecha, por la izquierda y luego por la derecha otra vez, y le metía tres goles.

Todo se lo imaginó a tal velocidad que, en la realidad, el balón apenas había avanzado unos centímetros. Pero Aniceto se quedó parado del susto.

El balón siguió avanzando y Aniceto seguía asustado y parado. Pero en esto...

—A la porra el *Parrisclisclás* —pensó, dirigiéndose con todas sus fuerzas hacia el balón y parándolo—. Ahora estoy despierto y mando yo.

La gente aplaudió su buena jugada y los de su equipo estaban encantados.

—¡Toma *Parrisclisclás*! —dijo Aniceto dando un sonoro puntapié al balón de reglamento.

El partido fue emocionante. Aniceto jugó como un valiente, y al final ¡ganaron él y su equipo! La gente aplaudió, y se hicieron una foto Aniceto y el resto de los jugadores, que eran todos mayores.

Durante el resto del día Aniceto se lo pasó divinamente pensando en el partido y en la foto, y ni se acordó del crucigrama que había dejado sin acabar.

Se acostó cansadísimo de tanto pensar y soñó que una bruja con unas narices enormes le conseguía un balón de reglamento.

Y nunca más en su vida volvió a oír *Parrisclisclás*.

6 *En el fondo del mar*

Un día, todos los alumnos del colegio de Aniceto bajaron al salón de actos, donde un señor iba a dar una conferencia sobre los desiertos.

Aniceto se aburrió mucho porque el conferenciante hablaba muy mal, y no le siguió nada. Además, delante de él había tres niñas de la clase de los mayores que no hacían más que volverse, mirarle y reírse. ¡Habráse visto majaderas tontas! Sobre todo la pelirroja es que le caía gordísima.

–¿Qué te ha parecido la conferencia? –le preguntó Mateo a la salida.

–Pss, un rollo –dijo Aniceto.

–Pues a mí lo del espejismo me ha gustado.

–¿Y eso qué es?

–¿Pero no te has enterado? Pues que de repente ves un lago donde no lo hay.

–¡Bah! –dijo Aniceto despectivamente, pues ya se había imaginado que sería un espejo como el de la madrastra de Blancanieves, o como aquél por el que pasó Alicia.

–¿Pero no te das cuenta? –le dijo Mateo–. El lago lo ves, pero no existe. Sólo hay tierra seca, pero tú ves lagos y ríos...

De repente, Aniceto miró a Mateo con interés.

–¿Y el mar? –preguntó.

–No sé. Puede que también.

Y Aniceto, que aquel verano no se había bañado, empezó a ilusionarse. ¡Todavía hacía buen tiempo!

–¿Y qué hace falta para ver un espejismo? –preguntó.

–Andar por el desierto.

–¿Por qué? ¿Por qué por el desierto?

–Porque en el desierto no hay agua.

–¡Ni aquí tampoco!

Era verdad. Estaban en el jardín del colegio y no había ni estanque, ni un surtidor, ni una fuente. Muchas veces se había comentado como cosa rara.

–Podíamos andar a ver si vemos el mar y nos bañamos –dijo Aniceto.

–Pero no sé si esto servirá –contestó Mateo–. Este jardín es muy pequeño. Para ver un espejismo hay que andar mucho tiempo por sitio seco.

–Pues vamos a dar vueltas y vueltas. ¡Anda, vamos, Mateo! ¡Total, por probar...!

Mateo le siguió sin mucho entusiasmo.

–Seguro que así no sirve –decía.

Aniceto se enfadó.

–Es que tú también tienes que poner algo de tu parte –protestó–. Tienes que imaginar con mucha fuerza que ahí en medio está el mar, rugiendo.

Y en esto... ¿Qué era aquello? Las olas subían y bajaban, los tiburones brincaban, el agua se arremolinaba. ¡Qué exageración de espejismo!

–Mateo, Mateo –chilló Aniceto–. ¿Lo ves?

–Sí –contestó Mateo, boquiabierto.

El mar empezó a tirar de ellos.

–¡Ay, que me caigo, que me caigo! –chillaban los dos.

Y se cayeron de cabeza. ¡Estaban en el fondo del mar!

–¿Tú sabes bucear? –preguntó Aniceto a Mateo cuando se hubo repuesto de la sorpresa.

–Yo no. ¿Y tú?

–Tampoco.

–Pues no sé cómo vamos a salir de aquí.

Empezaron a andar por debajo del mar y encontraron un barco abandonado que tenía cocina con frigorífico empotrado, comedor, dormitorio y cuarto de baño. Por delante se había formado un jardín de algas, corales y flores acuáticas, y por detrás había un huerto marino lleno de algas comestibles y peces domésticos.

Aniceto y Mateo se alegraron de verlo. Por lo menos tenían donde vivir. Enseguida se hicieron amigos de unos peces con los que jugaban a capitanes y marinos. Cenaban sopa a la marinera y comían consomé de algas y algún pez doméstico de los que había en el huerto y que eran muy sabrosos.

Pero un día... ¡Qué horror lo que pasó un día! De repente apareció un monstruo marino. ¡Era horrible! Tenía media cabeza, nueve colas, tres plumas, una trenza, una sortija y siete cejas.

–¡Ay! –dijeron los peces que estaban jugando a marineros con Aniceto y Mateo. Y se encerraron en la cocina marina.

–¡Ay, ay! –dijeron los peces domésticos. Y se encerraron en su corral naval.

–¡Ay, ay! –dijeron todos los demás seres, que estaban haciendo tareas más o menos marineras, encerrándose en lo que más cerca tenían.

Pero entre los peces domésticos había unos peces gallinas que en vez de decir: «¡Ay!» dijeron: «¡Cocococó!», y en vez de esconderse se pusieron a corretear de un lado a otro muy nerviosas. Entonces el pez monstruo fue y las desplumó. Luego se marchó tan campante.

Pasado el susto todos volvieron a salir y no hacían más que comentar lo peligrosísimo que debía de ser ese monstruo marino y que qué horror.

Pasó el tiempo. A los peces gallinas les volvieron a salir plumas marinas, y un día, cuando menos se lo esperaban, volvió a aparecer el monstruo.

–¡Ay! –dijeron todos–. Y se escondieron.

Pero los peces gallinas, del miedo que les entró echaron a volar y llegaron a tierra, donde se convirtieron en gallinas de verdad y se escaparon.

Entonces el monstruo fue al huerto y estropeó todas las algas comestibles, y, hasta que no volvieron a crecer, Aniceto y Mateo no pudieron tomar consomé de algas. ¡Ni gallina marina en pepitoria acuática! ¡Vaya gracia!

Todavía volvió a aparecer otra vez el dichoso monstruo. Fue una noche en que Aniceto y Mateo estaban asomados a la ventana contemplando las estrellas de mar (cosa que también lo hubieran podido hacer de día, porque esas estrellas nunca se esconden, pero ellos todavía tenían costumbres terrenas).

Esta vez el monstruo se dirigió hacia el jardín marinero y empezó a estropear las flores marinas.

–¡Ay! –dijo el pez-guarda al verlo,

soltando la escopeta submarina y escapando de allí nadando a todo nadar.

A Aniceto, todo eso le dio mucha rabia. Salió del barco y con un tenedor subacuático pinchó al monstruo.

–¡Ay! –dijo éste.

Y, loco de miedo, echó a correr. Tan alocado iba que se enredó en un rosal marinero y se deshizo.

¡¡¡Resultaba que el temido monstruo marino era todo de papel de agua!!!

Quizá fue por la sorpresa que se llevaron, el caso es que en aquel mismo instante el espejismo desapareció y Aniceto y Mateo se volvieron a encontrar en el jardín del colegio.

–¡Qué pena! –dijo Mateo–. Ahora que habíamos logrado vencer al monstruo.

En esto:

–Ji, ji, ji –se oyó.

Eran las tres chicas mayores que los estaban mirando. Pero ¿a quién le recordaba a Aniceto la pelirroja? ¡Si era parecidísima al monstruo!

Aniceto ni lo pensó. Cogió el rastrillo que el jardinero había dejado olvidado, y que, por cierto, no era subacuático sino de hierro, y pinchó a la pelirroja.

–¡Ay! –dijo ésta mientras su piel se ponía a tono con su cabello.

Las otras dos también le miraban asustadas, con los ojos muy abiertos y la boca a tono con los ojos. Las tres echaron a correr. Aniceto empezó a perseguirlas por todo el jardín gritando:

–¡Aaaaaaaaaaaaa! –como si fuera un indio.

–¡Ay, ay, ay! –chillaban las otras corriendo.

Aniceto, por fin, se cansó.

–¡Bah! –dijo tirando el rastrillo–. Más vale dejarlas, porque si también son de papel, a lo mejor se enganchan en un rosal y se deshacen.

7 *Los salvajes*

AQUEL domingo, durante la comida, la madre de Aniceto dijo:

–Ha llamado la vecina del tercero. Es el cumpleaños de su hijo Jorgito y quiere que Aniceto vaya a su fiesta.

–Pues yo no quiero ir –contestó Aniceto–. No conozco a nadie de los invitados, y a Jorgito apenas le he visto dos veces por la escalera.

–¿Y eso qué tiene que ver? –respondió la madre.

Pero el padre intervino en su favor.

–Deja al chico que haga lo que quiera.

Aniceto suspiró satisfecho. Precisamente tenía pensado pasarse la tarde jugando a los salvajes con esos almohadones tan bonitos que acababa de comprar su madre.

Así que, nada más acabar la comida, se fue de exploración al salón, se encontró con los almohadones, digo con los salvajes y, bueno, yo no sé lo que pasó ni quién tuvo la culpa, el caso es que al momento se entabló una feroz batalla entre Aniceto y los al..., digo salvajes.

¡Lo que fue aquello! Los salvajes saltaban hasta el techo y caían sobre Aniceto que se defendía valientemente, y, en esto, todos a la vez, como si se hubieran puesto de acuerdo, los salvajes reventaron y una lluvia de plumas se esparció por la habitación.

Aniceto estaba consternado pues, en realidad, él no había querido hacerles daño. La pelea había sido en broma.

—La próxima vez —se dijo— obraré con más prudencia y acabaré siendo amigo de todos.

Empezó a buscar otros salvajes que sustituyeran a los almohadones para seguir jugando. Quizás sirvieran los pucheros y las cacerolas, pero no, no servían. Su madre se había ido sin fregarlos. ¿Y las almohadas de dormir? Eran pocas pero podían valer.

En esto se empezó a oír ruido por las escaleras. Eran los amigos de Jorgito que llegaban. Aniceto abrió la puerta y se asomó por el hueco del ascensor para cotillear. Una niña llegaba en ese momento. A Aniceto le pareció muy rara con aquel abrigo tan corto y aquella falda tan larga.

—Parece una salvaje de verdad. Apuesto a que todos los amigos de Jorgito son como ella.

Y, de repente, a Aniceto se le ocurrió una cosa que le hizo temblar de emoción. ¿Y si en vez de jugar con las almohadas jugaba a que los amigos de Jorgito eran los salvajes y de repente se los encontraba? Aniceto dudaba.

–¿Voy o no voy? –decía, subiendo y bajando un escalón.

Y es que ¡caramba! una cosa era jugar con almohadones y cosas así, y otra con personas de carne y hueso, a las que nunca había visto, casi salvajes de verdad. Pero de repente se decidió:

–Voy –dijo–, será mucho más emocionante.

Bajó, llamó a la puerta, la puerta se abrió y aparecieron los salvajes.

El jefe saludó a Aniceto:

–¡Hola! –le dijo.

–¡Hola! –contestó Aniceto muy amablemente, pues estaba decidido a obrar con prudencia después de su experiencia con los almohadones.

Y empezó la fiesta salvaje.

Hablaron de cosas salvajes que Aniceto no entendía, como las que pasó en otra fiesta, también salvaje, a la que Aniceto no había acudido (porque no era salvaje) e hicieron planes para otra fiesta a la que Aniceto no iría (¿o sí?).

–Aniceto no entender. Jorgito explicar –dijo de repente la madre del jefe que había salido de una cocina salvaje.

Y Jorgito explicó algo y Aniceto entendió algo.

Luego jugaron al escondite salvaje (que es igual al no salvaje) a las prendas salvajes, al parchís salvaje, y Aniceto jugó con ellos. ¡Ya era un salvaje más!

La merienda salvaje sobre una mesa salvaje le gustó mucho. ¡Había sándwiches salvajes, pasteles salvajes y limonada salvaje. Todos se pusieron unos gorros de papel salvajes, muy graciosos, y después de merendar hubo guiñol salvaje.

Aniceto se divirtió la mar. Se hizo amigo de una niña salvaje que le recordaba a su compañera de pupitre, sólo que en más guapo.

–Dame tu número de teléfono –le dijo la niña–, y cuando sea mi cumpleaños te invitaré.

Aniceto se puso muy contento. ¡Otra fiesta de salvajes! ¡Vaya suerte!

Y cuando la fiesta acabó, Aniceto subió a su casa. Su madre acababa de darse cuenta de lo de los almohadones y estaba muy enfadada.

–¿De dónde vienes? –le dijo.

–De la fiesta de Jorgito.

La madre no se lo quería creer, pero como Aniceto todavía llevaba puesto el gorro de papel salvaje, se lo creyó.

–Me alegro –dijo.

Y sí que se debía de alegrar, porque no le regañó por los almohadones, sino que suspiró y empezó a barrer las plumas.

8 *La isla desierta*

HACÍA tiempo que Aniceto tenía ganas de montar en avión, y fue a una Agencia de Viajes a preguntar cuánto valía un billete.

–¿Para dónde lo quieres? –le preguntó el dependiente.

Después de pensar, Aniceto eligió Pekín, y resultó que era carísimo.

–¿Y no tienen otro más barato? –preguntó.

–El más barato es el de Valencia –le contestó el dependiente.

De todos modos, ése también era carísimo. Aniceto no lo podía pagar. Se tendría que quedar sin ir en avión.

Pero resultó que un día fue a visitar a su padre un señor que era aviador. Aniceto decidió entablar amistad con él para que le contara cosas de aviones. Así que, antes de que su padre llegara, entró en el salón y le regaló un chupa-chups.

—Muchas gracias —dijo el aviador sonriendo.

Aniceto estaba muy nervioso. ¿Y ahora qué decía? En menudo lío se había metido. Al señor le debía de pasar algo parecido, porque estaba muy callado, dando vueltas y vueltas al chupa-chups. A lo mejor tampoco sabía qué hacer con él. ¡Vaya tonto! ¡Eso se chupa!

Por fin, Aniceto decidió romper una situación tan violenta y preguntó:

—¿Eres aviador?

La cosa dio muy buen resultado pues el otro contestó:

—Sí, soy piloto.

¡Había hablado! ¡El silencio se había roto!

Muy envalentonado ante el éxito

de sus palabras, Aniceto volvió a preguntar, con gran soltura:

—¿Cómo es un avión?

El señor se lo explicó.

Aniceto le escuchaba sin pestañear.

—¿Te gustaría ir mañana domingo a Getafe? —le preguntó el señor.

—¿En avión?

—Pues claro.

Aniceto apenas se lo podía creer. ¡Menudo buen resultado había dado su conversación! Claro que puede que el chupa-chups también hubiera ayudado.

—Muchísimo, me gustaría muchísimo, a rabiar —contestó.

—Pues se lo diremos a tus padres, y si te dan permiso te llevo.

Los padres de Aniceto dijeron que bueno; y eso que, al principio, a la madre le daba miedo.

—¿No pasará nada?

—Mujer ¿qué va a pasar? —le contestó el padre.

–No sé. Un niño tan pequeño por ahí, por los aires...

Aniceto se picó.

–¡Yo no soy pequeño! Lo era, pero ya no lo soy. Y sé llevar muy bien una conversación.

Y al día siguiente, muy temprano, Aniceto, con algunos otros pasajeros, se montó en el avión que pilotaba el amigo de su padre. El avión despegó y... ¡qué emoción!, empezaron a andar por el aire.

Pero la madre de Aniceto tenía razón, pasó una cosa, una cosa que nadie esperaba: el piloto se perdió y, después de dar muchas vueltas, en vez de llegar a Getafe llegaron a una isla desierta. ¡Ya le había parecido a Aniceto que el señor era algo despistado! ¡Mira que no saber qué hacer con el chupachups!

El piloto sacó el mapa y empezó a discutir con el copiloto. Enseguida anunciaron que ya sabían el camino, pero que como estaban en la isla Babuli, de gran belleza, pararían dos horas para que aquellos que lo desearan la pudieran visitar.

Los pasajeros no recibieron bien la noticia.

–¿Qué vamos a visitar? Si aquí no hay carreteras, ni calles, ni siquiera caminos. Nos caeríamos si anduviéramos –decían unos.

–Nos debíamos ir ya. Tenemos prisa –decían otros.

En cambio, un señor moreno decidió:

–Pues yo voy a visitar la isla. Y no me caeré, porque soy muy listo.

–Y yo tampoco. No pienso levantar un pie hasta no tener el otro bien seguro –dijo una señora rubia, dispuesta a acompañarle.

–Es una oportunidad única. Yo voy a visitarla –aseguró una chica pelirroja.

–¡Eh! ¡Esperad! Yo también voy –chilló Aniceto que, por cierto, no sé si os lo he dicho antes pero tenía el pelo castaño.

Y los cuatro se fueron dispuestos a dar la vuelta a la isla.

El sol estaba saliendo y ríos de oro fundido hacían: *triclitín triclitán,* o *triclitán triclitín,* o algo así. Y las montañas se pusieron coloradas, y las cascadas se volvieron blancas.

Nuestros cuatro amigos iban muy alegres.

–¡Yo no me caigo! ¡Yo no me caigo! –decía el señor moreno–. ¡Yo soy muy listo! –e iba saltando.

Y en esto se cayó y se rompió las piernas. ¡Las dos!

–¡Ay, ay, ay, ay, ay! –decía el señor.

–No se preocupe. Le vamos a llevar otra vez al avión.

Entre los otros tres cargaron con él y le llevaron al avión, donde el médico de a bordo le hizo una cura de urgencia.

–¡Ya lo decía yo! –le dijo su mujer, que era de las que no habían querido ir con él–. ¡Qué te ibas a caer!

–Pero ¿no era usted tan listo? –le preguntaban los demás.

Mas el señor sólo contestaba:

–¡Ay, ay, ay, ay, ay!

Nuestros tres amigos se dispusieron a partir otra vez.

–¡No seáis locos! –le decían los otros–. ¡Os vais a hacer daño!

Pero ellos no les hicieron caso y siguieron andando.

El sol ya había salido y los ríos eran ahora de plata y hacían *traclatá traclatá,* mientras pasaban entre mares de flores azules, amarillas, blancas, donde el viento levantaba olas que subían y bajaban.

La señora rubia estaba eufórica.

–Ese señor tan moreno que se creía tan listo, era tonto. No se puede andar por ahí dando saltos. Hay que tener cuidado como yo, que no levanto un pie hasta no tener seguro el otro.

Pero en esto, yo no sé cómo pasó, que se cayó. Y aunque no se rompió nada, porque no iba dando saltos y la caída no fue mala, se enfadó.

—Eso le pasa a cualquiera —le dijo la chica pelirroja ayudándole a levantar.

—A mí no —aseguró la señora que estaba roja.

Y ya no quiso continuar.

—Yo no me caigo más. Adiós. Me marcho.

Y empezó a andar hacia atrás.

—¡No me acompañéis! ¡Sé ir yo sola! —les gritó.

—¡Ya sólo quedamos dos! —exclamó Aniceto.

Siguieron andando y Aniceto se cayó, y luego la chica pelirroja, que, por cierto, se llamaba Amapola, también se cayó, pero como ninguno quiso volver hacia atrás, continuaron y vieron...

Vacas salvajes que andaban a dos patas, mientras que con las otras dos tocaban las palmas.

Arboles verdes en forma de cohetes.

Conejos en bicicleta y ciervos de mil y un cuernos.

Montañas que eran toboganes, y rocas que parecían catedrales góticas.

También vieron palmeras altas y palmeras bajas, y pájaros que tocaban la guitarra con la garganta.

Y cactus enormes con forma de monigotes, y caballos con dos orejas y un rabo (¡¡¡qué raros!!!).

Por fin llegaron al mar, tan grande como siempre y tan salado como otras veces.

El cielo estaba arriba y el sol sonreía.

Aniceto y Amapola estaban muy contentos. Y cuando dieron la vuelta entera y volvieron a llegar al avión, empezaron a contar maravillas.

—¡Bah!, seguro que es mentira —decía la gente.

Pero, en el fondo, lo que les pasaba era que les tenían envidia.

El avión arrancó otra vez y después de dar muchas vueltas por los aires, cosa que encantó a Aniceto, llegaron a Getafe. Y luego volvieron al aeropuerto de partida.

Era ya de noche cuando Aniceto llegó a su casa. ¡Vaya día que había tenido! ¡La cantidad de cosas que tenía que contar!

Para su sorpresa, sus padres ya sabían lo que había pasado. Resulta que el aviador despistado les había mandado un mensaje por radio desde la isla desierta. ¡Vaya lata!

Pero bueno, al final resultó que no importó, porque lo emocionante, emocionante, todo eso de las vacas salvajes y los cactus en forma de monigotes, fue Aniceto el que lo contó.

9 *Una rata de dos patas*

MANUEL era un chico mayor que iba a clase de los mayores. Aniceto, como era más pequeño, iba a la clase de los más pequeños.

Cada vez que se encontraban por los pasillos del colegio, Manuel se reía de Aniceto y le llamaba: «Mocoso pequeñajo» con muchos aires de superioridad. ¡Daba una rabia! Claro que Aniceto le solía hacer burla a cambio, para que Manuel también rabiara.

Pero una vez, al ir a entrar en clase, Aniceto se encontró con Manuel que le estaba esperando.

—¿Qué quieres? —le preguntó.

Entonces fue Manuel, le dio un

capón y se fue riendo. Aniceto en cambio, como la cosa no le hizo gracia, no se rió y decidió vengarse de Manuel. Lo malo era que Manuel era mayor y tenía más fuerza. Aniceto estuvo pensando durante la clase de geografía. Pensó que los leones son muy fuertes, pero siempre les puede el hombre porque es más listo. Y así estaban las cosas cuando se acabó la lección. Bajaba Aniceto por las escaleras para ir al recreo, todavía piensa que piensa, cuando se encontró otra vez con Manuel. Pero en esto, aparecieron Elena y Alberto, dos chicos más mayores todavía que Manuel, y éste, que ya tenía el puño cerrado para dar a Aniceto otro capón, lo abrió y, para disimular, le hizo una caricia. Luego se fue corriendo escaleras abajo. Había algo en la manera de correr de Manuel que a Aniceto le recordó una rata que vio una vez en casa de su abuelo, y que al verle a él se asustó mucho y bajó las escaleras de una manera muy parecida.

Una vez en el jardín, Aniceto buscó a Mateo y se lo contó todo.

—Y por lo visto, ahora me va a dar un capón cada vez que me vea a solas —dijo.

—Es una rata cobarde —aseguró Mateo.

—¿Y si le denunciamos a la policía?

—¿Tú crees que vale la pena por una rata? Eso lo solucionamos tú y yo solos.

—¿Pero cómo? —preguntó Aniceto—. Porque si le echamos polvos raticidas, seguro que no se los toma.

—¡No seas bruto! No hace falta envenenarle. Basta con asustarle, y eso sí, cobarde es como una rata. Si no, no te daría capones cuando te encuentra a solas. Podíamos hacer...

AQUELLA TARDE, cuando Aniceto iba a torcer la esquina de su casa, que estaba muy oscura, apareció Manuel con unos ojos que le brillaban como a las ratas. Pero Aniceto no se dejó acobardar y siguió andando con su boina calada hasta los ojos, y Manuel fue y le dio un coscorrón. Entonces la boina de Aniceto salió por los aires y apareció un avestruz con un cuello larguísimo que él y Mateo habían sacado de una caja de sorpresas con resorte y todo. Manuel se llevó un susto tremendo y Aniceto se escapó riendo.

Pero Manuel, que además de cobarde era rabioso, se enfadó mucho, y al día siguiente, en cuanto vio a Aniceto, le dio otro capón, pero se quedó con la gorra vieja y rota, que éste llevaba, pegada en las manos, y por más que tiraba no lograba despegarla, y se tuvo que pasar un buen rato con la gorra entre las manos sin saber qué explicación dar a aquel extraño fenómeno.

Pero Manuel, que era muy terco y rabioso, esperó aquella tarde a Aniceto y le dio una patada. A Aniceto, que había tardado un montón en colocarse una ratonera entre el pelo, aquel ataque a traición le sentó muy mal, y se lio a patadas y mordiscos. Manuel estaba asustado. ¡Caramba con Aniceto, pues tenía fuerza! Todavía no había reaccionado cuando se oyeron pasos, y Manuel que era un cobarde y sabía muy bien que no tenía razón, echó a correr.

Aniceto estaba orgulloso.

–Te digo que huyó –le dijo a Mateo.

–No te des tanto pisto –contestó éste–. Sólo era una rata cobarde.

–Sí, sí –dijo Aniceto–, pero cuatro años mayor que yo.

Todavía intentó Manuel vengarse de Aniceto una vez más, y le volvió a esperar en la esquina. Aniceto se acercó y entonces Mateo, que estaba escondido, empezó a tocar el silbato armando tal jaleo que Manuel se llevó un susto tremendo y salió corriendo y yo no sé dónde llegaría, porque el caso es que Aniceto y Mateo tardaron muchísimo en volverle a ver. Y cuando, por fin, apareció, se hizo el tonto y ni les miró.

–Cómo le asusté, ¿eh? –dijo Mateo–. Apuesto a que todavía le dura el miedo.

–No presumas –le devolvió Aniceto–. Es sólo una rata cobarde.

–Sí, sí, pero de dos patas –recordó Mateo.

–De todas maneras somos unos valientes. Los cobardes son los que se dejan asustar por las ratas, no los que las asustan.

–Cuando sólo tienen dos patas –siguió Mateo erre que erre.

–¿Eh? –preguntó Aniceto que no sabía lo que su amigo quería decir.

–Que los cobardes son los que

asustan a los más pequeños, ya sean hombres, o ratas o plantas. Y por lo tanto no hay que tenerles miedo porque, como son cobardes, son fáciles de asustar.

Aniceto se quedó apabullado. Verdaderamente había veces en que Mateo hablaba como un libro abierto.

10 *Un monstruo guapo*

HABIA un concurso nacional de trabajos manuales, y resultaba que todos los niños se querían presentar.

–No puede ser –dijo el organizador que fue al colegio a explicar las bases–. La sala donde se exponen las obras para el concurso es pequeña y no cabrían todas. Sólo se admitirán las mejores, y ésas las elegiréis vosotros mismos entre las que más os gusten de vuestros compañeros.

Aniceto no podía pensar en otra cosa. Durante la clase de matemáticas, durante la gimnasia, hasta durante la clase de geografía, que era la asignatura que más le gustaba, estuvo pensando en el concurso. ¡Lo que le gustaría poderse presentar!

Precisamente el domingo anterior, que llovió, él y su padre se habían pasado la tarde haciendo pajaritas de papel y salieron preciosas. Claro que esta vez tendría que hacer lo que fuera sin su padre. Si no sería trampa.

Sin embargo había chicos que se agrupaban para hacer el trabajo entre varios. Ramón y Elena iban a hacer un barco de madera. Alberto y Juan, una piragua de cartón. Durante el recreo Aniceto se acercó a Mateo.

—¿Quieres que tú y yo hagamos un monstruo, pero que en vez de feo sea guapo?

A Mateo le gustó la idea.

—¿Y de qué lo hacemos?

—De palillos, porque será un monstruo delgado. Luego pintamos los palillos de colores.

Mateo dijo que sí, que lo harían juntos.

Entonces Luis se acercó a Aniceto.

–Aniceto, ¿quieres que entre tú y yo hagamos un árbol con cien ramas?

–No puedo. He quedado con Mateo que haríamos un monstruo.

Luis se enfadó.

–¡Parece mentira! Yo te lo he propuesto a ti el primero, y vas tú y se lo propones primero a Mateo.

Aniceto no sabía qué decir.

–Bueno, cada cual hace lo que quiere –respondió al fin.

Y la respuesta no debió de ser muy diplomática, porque fue Luis y todavía se enfadó más.

–Me las pagarás –dijo.

Aniceto no le hizo caso. A la salida del colegio fue con Mateo a comprar palillos, y goma y pinturas para el monstruo. Luego fueron a casa de Aniceto y empezaron a trabajar. ¡Pero el monstruo siempre salía feo!

–Claro –decía Mateo–. Es que si le ponemos las patas torcidas, el ombligo cuadrado, y además bizco, tiene que salir feo a la fuerza.

Pero Aniceto respondía:

—Es que es un monstruo y los monstruos no tienen las piernas ni el ombligo ni los ojos como nosotros. Pero pueden ser guapos.

Sin embargo decidieron cambiarle el ombligo. Ahora en vez de cuadrado era una flor. Y seguía bizco, pero en vez de estarse mirando la nariz se estaba mirando las orejas. La cosa empezó a resultar mejor.

Todavía siguieron trabajando mucho rato, haciendo cambios e innovaciones. Por fin terminaron. El monstruo había quedado guapísimo. Se parecía algo a un ornitorrinco, pero en mejor.

La obra causó gran sensación en el colegio.

—¡Un monstruo guapo!

—¡Y está bien hecho! —se oía comentar.

Mateo y Aniceto estaban orgullosos.

–No sé si es que lo miro con buenos ojos, pero a mí me parece que es la mejor obra –decía Aniceto.

–Lo es –dijo Mateo–, se lo he oído decir al profesor de dibujo. Además es la más original.

–¿Nos presentarán al concurso?

Pero sucedió que Luis seguía enfadado. El, junto con Isabel, había hecho un castillo con huesos de melocotón, pero los pegaron mal y el castillo se vino abajo.

Luis decía que toda la culpa era de Aniceto, por no haber querido trabajar con él.

–Su monstruo es una birria –comentaba a todo el mundo–. Es mucho mejor el payaso de Mari Carmen.

Luis había sacado el primer puesto en dibujo artístico y la gente pensaba que debía de entender de esas cosas. Además, a quien le daba

la razón le convidaba a cacahuetes. Y la clase empezó a dividirse en dos bandos: los del payaso y los del monstruo.

Aniceto se puso furioso.

–Tú sabes que es mejor el monstruo –le dijo a Luis.

Pero Luis no contestó.

Llegó el día de la votación, y empezaron a votar de uno en uno. Si uno daba un voto al payaso, el siguiente se lo daba al monstruo. Era un empate continuo. Aniceto no podía más de nervios.

–¡Ay, ay, ay! –exclamaba por lo bajo.

Seguían empatados cuando le tocó votar al último, que era Luis.

«¡No seas cochino!», pensó.

Pero Luis fue cochino y Aniceto perdió.

Al día siguiente vinieron por el payaso, para trasladarlo a la sala donde estaban las obras que concursarían. Aniceto y Mateo fueron a verlo. Allí estaba, rodeado de otras obras, la mayoría mejores. No tenía ninguna probabilidad de ganar.

–En cambio nuestro monstruo sí podía haber ganado.

–¡La culpa es de Luis!

–Y de los merluzos que le hacen caso –concluyó Aniceto, que quería ser justo.

–Bueno, otra vez será –dijo Mateo, dispuesto a no desanimarse–. Otra vez ganaremos.

–¿Seguro? –preguntó Aniceto.

–Pues claro. Sabemos hacer las cosas y tarde o temprano ganaremos.

Pero tuvieron mucha suerte, porque resultó que fue más bien temprano que tarde. Veréis:

Ya se iban, cuando de repente Mateo leyó un anuncio que estaba clavado en la pared, y se puso rojo, y luego más rojo, y después más rojo todavía.

Aniceto se asustó. ¿Si se iría a convertir en amapola?

Pero Mateo ya había reaccionado. En vez de rojo ya estaba solamente rosa y decía:

–Vale la pena probar. Cuando se cierra una puerta, se abre una ventana.

–¿Eh? –preguntó Aniceto, que no entendía.

–¡Vamos por el monstruo, corre! ¡No seas atontado!

–¿Por qué? –preguntó Aniceto.

–¿No lo ves? –bramó Mateo señalando el cartel y volviéndose a poner rojo–. ¡Van a hacer otra selección! ¡De prisa!

Aniceto no entendió muy bien, pero como Mateo había echado a correr, pues le siguió. Todavía no comprendía lo que pasaba, cuando llegaron a una salita y pusieron el monstruo entre otras obras. Pero ¡cualquiera preguntaba a Mateo, con lo nervioso que estaba y lo colorado que se ponía!

–Llegáis justo a tiempo –dijo un señor con uniforme azul–. Ya íbamos a cerrar la admisión de trabajos.

Entonces llegaron unos señores, miraron todas las obras una por una y empezaron a discutir.

–¿Qué pasa? –preguntó Aniceto sin poderse contener.

Pero Mateo, que estaba morado y mordiéndose las uñas, ni le contestó.

Después de discutir, los señores seleccionaron tres obras: una ballena azul, un gallo sin cresta, pero que era guapo, y al monstruo. El señor de uniforme cogió las tres obras y las llevó a la sala grande, donde estaban los trabajos que concursaban. Al monstruo lo colocaron cerca del payaso de Mari Carmen. ¡Qué casualidad!

Aniceto decidió enterarse de lo que había pasado a costa de lo que fuera, y se lo preguntó a Mateo.

–¡Que nos han seleccionado, tonto! –contestó Mateo.

–¿Pero no habíamos quedado que no?

–Sí, pero nos hemos presentado a otra selección libre, que no la hacen los colegios. ¡Y nos han dejado! Yo pensé que a lo mejor no, que a lo mejor sólo era para los que estudiaban a distancia, o así, pero no en colegios. Pero nos admitieron y nos han seleccionado.

Aunque Mateo se explicaba muy mal, porque estaba muy nervioso, Aniceto empezó a comprender.

A Luis, cuando lo supo, le sentó fatal la cosa, porque tenía miedo de que ganara el monstruo y no el payaso. ¡Y así fue! El primer premio fue para los concursantes libres Aniceto y Mateo.

La entrega de premios fue emocionante. Fueron los padres de Aniceto y los padres, tíos, abuelos y primos de Mateo, que, por cierto, estaba completamente rojo. Les dieron a cada uno una medalla muy bonita, y al monstruo se lo llevaron y lo metieron en una vitrina de cristal para que no se estropeara y todo el mundo lo pudiera ver.

Sólo había una cosa que molestaba a Mateo y Aniceto, y fue Aniceto el que se atrevió a mencionarla:

–¿Sabes? –le dijo a Mateo–. Me hubiera gustado ganar representando a mi colegio.

–Otra vez será –afirmó Mateo.

–¿Estás seguro? ¿Estás seguro que será otra vez?

–Segurísimo.

–¡Y yo también! –dijo entonces Aniceto.

11 *El brujo*

ERASE un lunes como otro cualquiera, sólo que aquél no era un lunes cualquiera, pues iba a ir al colegio de Aniceto un profesor nuevo, que iba a explicar una asignatura nueva, que se llamaba química. El profesor entró en la clase. Aniceto le miró con curiosidad, el profesor también le miró a él y frunció el ceño. A Aniceto no le gustó nada el profesor.

La clase empezó. El profesor comenzó a explicar unas cosas muy raras que no se entendían. A Aniceto tampoco le gustaron.

—Y si a eso le añadimos oxígeno, se convierte en...

¿Pero cómo iban a pasar esas cosas? Y entonces, de repente, Aniceto lo comprendió: ¡Aquel señor era un brujo! ¡Un brujo que se había hecho profesor! ¡Válgame Dios, la que le había caído!

Para acabar de complicar las cosas, cuando acabó de explicar, al profesor le dio por preguntar:

–¿De qué se compone el agua?

–¿En qué se convierte la limonada si le echamos lejía?

Bueno, no... Me parece que eso exactamente no lo preguntó, pero de todas maneras eran unas cosas rarísimas. Aniceto ni contestó. ¡El qué sabía! El profesor frunció el ceño y dijo:

–Aniceto es el peor.

La cosa trajo cola (y no precisamente de novia) porque pasaron las semanas y resultaba que la química estropeaba las notas a Aniceto, por ella no ganaba diplomas. ¡Era una lata!

–Mañana haré un examen escrito –dijo el profesor-brujo un día.

Aniceto decidió poner fin a sus suspensos y aprender brujería, digo química. Se puso a estudiar con mucho ahínco, y en esto, el profesor pasó por allí, le miró, frunció el ceño y Aniceto dejó de entender lo que ponía el libro. ¡El brujo del profesor debía de haber convertido el libro de química en un libro chino ¿O sería japonés? Bueno, el caso es que aquello no se podía estudiar, y a Aniceto le volvieron a suspender.

–Como siempre, Aniceto es el peor –comentó el profesor cuando hubo corregido los ejercicios.

Aniceto se encogió de hombros. ¿Cómo podía luchar contra un brujo? Aquella mañana se aburrió en clase más que nunca. El profesor hablaba y hablaba, pero el muy brujo de él lo hacía en sueco. ¿O sería polaco? Bueno, en algún idioma extraño debía de ser porque Aniceto no le entendía.

Y un día, cuando más complicado

estaba el asunto, la cosa se solucionó. Fue por pura casualidad. Veréis: estaba Aniceto comiendo en su casa, cuando de repente, casi sin darse cuenta, dijo:

—Mi libro de química está escrito en japonés y el profesor explica la lección en sueco.

—¿Qué dices? —le preguntó su padre.

—Pues eso, que es un brujo y ha convertido el libro en japonés.

El padre no se lo quería creer.

—Pues mira —dijo Aniceto llevándole el libro.

Lo abrieron, empezaron a leerlo juntos y... ¡Oh prodigio! ¿Si todo habría sido imaginación de Aniceto? ¡El libro estaba en castellano y se entendía todo lo que decía! ¡Era muy fácil!

—Pues antes no se entendía —dijo Aniceto.

Aquella tarde se la pasó estudiando. Ya sabía mucha química,

que, por cierto, no es igual que brujería, ¡qué va!, se había equivocado
en eso también.

Pero llegó a clase, el profesor le
miró, frunció el ceño y a Aniceto se
le olvidó todo.

—Es un brujo —volvió a pensar.

Pero cuando intentó explicárselo
a su padre, éste ni le dejó acabar.

—¡No digas tonterías! Los brujos
no fruncen el ceño. Sólo las personas lo hacen.

¡Caramba, si eso fuera verdad!
¡La cosa cambiaba del todo!, pensó
Aniceto, Y al día siguiente, cuando
el profesor miró a Aniceto y frunció
el ceño, éste se quedó tan ancho y
lorondo y se puso a escuchar lo que
decía. Resultó que estaba explicando
química en castellano. ¡Qué cosas!
¡Menudo lío se había armado Aniceto, total porque el profesor frun-
cía el ceño!

Pero...

—Me sigue suspendiendo —se

quejó Aniceto–. Y ahora sé química.
¿A ver si es verdad que es brujo?

Pero no, a la semana siguiente
Aniceto aprobó. El profesor no era
un brujo, era sólo un señor que frun-
cía el ceño y que una vez había sus-
pendido a Aniceto por la fuerza de
la costumbre, pues ¿quién se iba a
imaginar que aquel chico que parecía tan tonto fuera tan listo?

12 *Los marcianos altos, bajos y medianos*

EL padre de Aniceto había comprado un coche nuevo.

–¿Cuándo lo estrenamos? –preguntó Aniceto.

–El domingo.

–¿Y podrá venir también Mateo?

–Desde luego.

Llegó el domingo y Aniceto, su padre y Mateo se montaron en el coche. Los tres iban en la parte de delante, la mar de contentos.

Salieron de la ciudad y empezaron a correr por la carretera.

–¡He visto un conejo! –chilló Mateo.

–¡Y yo una vaca! –gritó Aniceto.

–¡Bah! Eso no tiene mérito. Vacas hay muchas.

–Y conejos más.

–¿Y si damos un paseo y busca-
mos un marciano? –preguntó el padre.

La idea fue acogida con alborozo.
Así que pararon el coche a un lado
de la carretera y se metieron por un
caminito de tierra que iba lejos, muy
lejos.

Hacía muy buen tiempo y el paseo era muy bonito. Aniceto, de vez
en cuando, corría y miraba detrás
de alguna roca haciendo que bus-
caba un marciano.

–¡A que no lo encuentras! –rió
Mateo.

–Pues a lo mejor sí –contestó Aniceto–. Nunca se sabe.

Y en esto:

–¡Marcianos, marcianos! –chilló
Aniceto.

Todos corrieron hacia él y vieron... ¡una fila de hormigas, que
iban muy serias camino de su hor-
miguero!

–¡Ja, ja, ja! –rió Mateo–. Un poco bajos son estos marcianos ¿no crees?

–Bueno, es que a los altos y a los medianos se los comió un león –dijo el padre de Aniceto–. ¿Queréis saber cómo fue?

–Sí, sí –dijeron Aniceto y Mateo a un tiempo.

–Pues una vez vinieron a la tierra un grupo de turistas marcianos, altos, bajos y medianos, para recorrerla. Iban todos en fila india cantando la marcial marcha marciana, cuando, de repente, vieron a un chico con un cesto, y el más alto dijo:

–¡Mirad, un papicocolu esprominoatus!

Pero el más bajo contestó:

–No, es un chico con un cesto –Y es que los bajos habían estudiado mucho, antes de venir a la tierra.

–¡Qué barbaridad! ¡Es un papicocolu esprominoatus! –dijeron indignados todos los altos.

–Es un chico con un cesto –contestaron los bajos.

¡Pero los altos eran tan altos! Su voz era tan potente, que convencieron a los medianos.

–¡Es un papicocolu esprominoatus! –decían todos. Y hacían burla de los bajos, y los bajos se chincharon.

Volvieron a ponerse en marcha los marcianos, siempre cantando su marcial marcha marciana, pero de repente se callaron. Por allí, por el horizonte, apareció algo enorme, mil veces más grande que los hombres. Tenía muchas crestas y picos. Estaba cubierto de tierra, y por algunos lados tenía hierba.

–Es una cordillera –dijeron los bajos.

Pero a los medianos, esa explicación tan simple no les hizo ninguna gracia, y se volvieron hacia los altos. Estos pensaron mucho, haciendo muchos gestos, y hasta se golpearon la cabeza con el puño cerrado, cosa que les debió de doler, pero que hizo muy bonito, y al final dijeron:

–Macachafú, chafú, chafú. Chiribiyaca, cirtaca, jam, jamalajáy, jamalayjáy.

Y lo dijeron con tal entonación, con tal convicción que los medianos aplaudieron y a los bajos nadie les hizo caso.

Siguieron andando, siempre cantando la marcial marcha marciana, y en esto vieron unos seres con cuatro patas, dos orejas y un rabo, que rugían ferozmente.

–Son leones –aseguraron los bajos–. Y están hambrientos. Deberíamos dar la vuelta.

Pero los altos rieron ante semejante ocurrencia. Pusieron cara de saberlo todo, y con unos aires muy elegantes dijeron:

–Dado que los átomos no son piedras y que los melones no son cerezas, mas si tenemos en cuenta que pi es igual a ro y ro es igual a fufú, resulta que los colores del arco iris sumergidos en un líquido desalojan igual de voltios que el peso de un patio, por lo que, resumiendo, estos animales no son leones sino ratones.

La ovación fue morrocotuda. ¡Eso era hablar! ¡Qué bien habían estado!

Y todos siguieron andando, cantando la marcial marcha marciana. Los altos y los medianos hacia adelante, los bajos hacia atrás. Y conforme iban pasando, los leones se fueron zampando a los altos y a los medianos. Allí los únicos que se salvaron fueron los bajos.»

–¡Qué barbaridad! –exclamó Aniceto cuando su padre hubo acabado–. Es un cuento triste.

Pero como sólo era un cuento, todos siguieron tan contentos.

Echaron a correr por el campo y se divirtieron mucho. Vieron más «marcianos–hormigas», vacas, conejos y mariposas.

Para acabar de completar la excursión, la vuelta la hicieron cantando a voz en grito «La vaca lechera». Resultó muy bonito.

13 *Lápices de colores*

VAYA temporada mala que llevaba Aniceto! ¡Es que no levantaba cabeza! Yo creo que todo empezó un día en que vino a comer un tío suyo, y a su madre le trajo de regalo unos pañuelos y a Aniceto caramelos. Pero resultó que los caramelos eran todos de menta, que no le gustaban. ¡Vaya mala pata!

A la madre tampoco le debieron de gustar los pañuelos, porque aquella misma tarde fue a la tienda a cambiarlos.

–Pues a mí también me gustaría cambiar los caramelos –dijo Aniceto.

–¡Jesús! ¡Dios sabe dónde está esa confitería! ¡Ya iremos otro día! –contestó su madre.

Pero nunca fueron. La madre siempre decía:

—Ya iremos otro día.

Aniceto decidió solucionar él solo el problema, y se los cambió a Cristina por lápices de colores. Así que la cosa no salió del todo mal. Pero al día siguiente tuvo otro disgusto:

La figura de porcelana que había encima de la chimenea de su casa apareció rota.

—Yo no he sido —aseguró la asistenta.

La madre suspiró:

—Habrá sido Aniceto. ¡Es tan descuidado!

—¡Yo no he sido! —chilló Aniceto, que estaba dentro de la chimenea jugando a que era un deshollinador, y lo había oído todo.

La madre y la asistenta se llevaron un susto.

—Sal de ahí ahora mismo y vete a lavar —dijo severamente la madre.

—Bueno, pero yo no he roto nada.

La madre no le creyó:

—No, claro. ¡Tú nunca rompes nada! —exclamó enfadada.

Aniceto estaba muy dolido. Parecía mentira. ¡Si él nunca mentía!

Pero todavía le esperaba el tercer disgusto. A la mañana siguiente, al llegar al colegio vio que habían desaparecido todos sus lápices de colores. ¡Alguien se los había quitado!

Aniceto empezó a mirar a derecha e izquierda, y en esto... ¡Allí estaban! ¡Los había visto! ¡Los tenía Elena!

Aniceto esperó impaciente a que acabara la clase. Entonces se acercó a Elena y... bueno, no quiero contar con detalle lo que pasó. El caso es que a Elena le salió un chichón y Aniceto recuperó sus lápices, y además le quitó un cuadernito de notas, para compensar que los lápices estaban muy gastados. Elena estaba asustada, pero de repente pareció recuperar todo su aplomo.

–Se lo pienso decir a mi mamá –dijo con gran seguridad.

Y el victorioso Aniceto, con los lápices en una mano y el cuaderno en la otra, se sintió de repente muy inseguro e indefenso. Si él se lo contaba a la suya, seguro que no le hacía caso. A lo mejor ni le creía.

Sin embargo se hizo el fuerte.

–¡Pues cuéntaselo! –chilló.

Y ¡lo que son las cosas! Es que cuando uno está de malas, lo está. Precisamente aquel día la madre de Elena fue a recogerla a la salida del colegio.

Aniceto, cuando vio a las dos juntas y se dio cuenta de que a Elena le había crecido el chichón, tembló. Quiso salir por otra puerta, pero la madre de Elena ya le había visto.

–¡Hola Aniceto! –dijo muy amable.

Aniceto la miró con desconfianza.

–¡Cuánto has crecido desde la última vez que te vi! –siguió la señora.

¡Resultaba que Elena no le había contado nada!

Camino de su casa, Aniceto pensaba por qué se habría callado la tal Elenita.

—¡Ya sé! —dijo—. Es porque sabía que yo tenía razón. El único que puede hablar soy yo.

Y en cuanto llegó a su casa fue y habló. Buscó a su madre y le dijo:

—Mamá, le he hecho un chichón a Elena.

—Aniceto, hijo, qué bruto eres.

Pero Aniceto estaba dispuesto a explicarse bien y que no hubiera confusiones.

—Es porque ella me había quitado los lápices.

—De todas maneras no le debiste pegar a la pobre.

—¡Sí, sí, pobre...! Si no le pego no se deja quitar los lápices ni el cuadernito para compensar.

Y Aniceto lo explicó todo, y cómo Elena se había callado porque él tenía razón, y que por eso él no se callaba, y que se lo contaba a ella que era su madre. Además aprovechó para añadir que no había roto la porcelana de la chimenea. Y tanto chilló y tan bien lo explicó, que su madre sonrió y le besó.

Aniceto se marchó muy contento. La verdad es que se sabía defender solo, pero a pesar de eso le gustaba mucho saber que su madre le comprendía.

14 *El juego de la oca*

¡VALGAME Dios! Aniceto ya estaba de malas otra vez. Es que no había salido de un disgusto cuando ya estaba metido en otro...

Sucedió que un día en clase nadie se había sabido la lección. El profesor estaba harto y los chicos en plan gamberro.

En esto le tocó el turno a Aniceto.

–¿Quién fue el padre de Felipe II? –le preguntó el profesor.

–Dile que Juana la Loca –dijo por lo bajo Alberto.

–¡No! mejor, que era huérfano –dijo Romualdo.

–No sabes quién era su padre. Pero algo de él sí sabrás –insistió el profesor procurando tener paciencia.

—¡Sí! que llevaba bigote —siguió Alberto, dale que dale.

Aniceto no se pudo contener y soltó la carcajada. El profesor se indignó.

—¡Fuera! ¡Fuera! —chilló furioso.

Aniceto enrojeció. Todos callaron.

—¡Fuera! —volvió a bramar el profesor.

Y Aniceto salió, muy enfadado. ¡A él no le hacían eso! ¡A él nadie le echaba! Nunca volvería a clase de historia.

—No sé por qué te pones así —le dijo Fernando cuando lo vio—. El mes pasado me echaron a mí.

Sus amigos, al verlo tan afectado, se portaron bien y fueron a decir al profesor que eran ellos los que le habían hecho reír.

—¡A todos os debía haber echado! —exclamó el profesor.

Aniceto seguía ofendido. ¡No, no volvería a clase de historia!

Por fin se acabó el colegio. Aniceto se fue a su casa y se encerró en su cuarto. Estaba disgustado y no quería ver a nadie, así que cogió un libro y se puso a leer.

Era la historia de un conejo que fue a un huerto a comer lechugas, que le gustaban a rabiar, y en esto salió un señor y se lió a pedradas. El conejo se escapó, pero al día siguiente volvió.

–¿Y si te dan? –preguntó Aniceto al dibujo del conejo, que salía de su casa para ir al huerto.

–¡Pues me dieron! –contestó el conejo.

Aniceto se llevó un susto, pero el conejo ya estaba quieto otra vez, como si en su vida hubiera dicho esta boca es mía. ¡Vaya cosa rara que había pasado!

Cuando acabó el cuento, Aniceto puso la tele. (¡Ah, por cierto, al conejo no le dieron!).

En la pantalla apareció un hombre al que llevaban dos policías.

–Les aseguro que se equivocan –decía el hombre.

–Sí, claro, como siempre –contestaron los policías–. Me parece que esta vez te van a caer dos meses por lo menos.

Al hombre le encerraron en una celda y, en cuanto se fueron los policías, fue el tunante de él, se encogió de hombros y se puso a tocar la flauta.

–Si a mí me metieran en la cárcel –pensó Aniceto– no tendría ganas de tocar la flauta. Claro que yo no soy un ladrón.

–No, pero eres un estudiante que te ríes en clase –le chilló el hombre desde la pantalla. Y luego siguió tocando la flauta como si no hubiera dicho nada. ¡Otra cosa rara que pasaba!

–¡Aniceto, Aniceto! –le llamaron entonces por la ventana.

Era Maruja, la vecina de abajo.

–¿Por qué no has bajado hoy al patio a jugar?

–No tenía ganas.

–¿Y a la oca? ¿Quieres que juguemos a la oca?

Aniceto dijo que bueno.

–De oca a oca y tiro porque me toca.

–En el calabozo: dos tiradas sin jugar.

–En el pozo: sin jugar hasta que alguien venga a sacarte.

Así siguieron jugando, hasta que Maruja perdió y Aniceto se fue a su casa a cenar.

El miércoles tocaba historia otra vez. El profesor miró a sus alumnos y... ¡allí estaba Aniceto! ¿Qué le habría hecho cambiar de opinión?

Pues fueron el conejo, el ladrón y Maruja. Sobre todo ésta cuando, jugando, tuvo que retroceder y volver a empezar. La vida es un juego en el que a veces se tiene mala suerte. ¡Pero hay que seguir jugando! Como siguieron Maruja, y el conejo que volvió al huerto, y el ladrón que... bueno, de éste más vale no hablar.

–Son gajes del oficio –había pensado Aniceto–. El que le echen a uno de clase son gajes del oficio. En realidad nadie me ha hecho trampa, así que no puedo protestar.

15 *En la Luna*

UNA vez que Aniceto se aburría más que de costumbre en clase, empezó a distraerse, y en esto, no sabe cómo, apareció en la Luna.

–¡Caramba! –dijo Aniceto sorprendido, mirando a todos lados.

Era muy divertido andar por allí. El suelo, en vez de tierra era de luna, y uno se hundía hasta la rodilla, y mientras conseguía sacar una pierna, ya se había hundido la otra. Pero la gente lo hacía muy bien. Bueno, gente o lo que fueran aquellos seres peludos que andaban por allí haciendo piruetas.

Por lo demás, todo era parecido a la tierra, sólo que cuando Aniceto se apoyó en un árbol, el árbol se cayó.

Gracias a que pasó por allí una cangura, ¿o no sería una cangura?
Bueno, sí, a lo mejor era una cangura, sólo que en vez de llevar la
bolsa en la barriga la llevaba debajo
del brazo, y lo volvió a plantar. Pero
regañó mucho a Aniceto:

–¡Apoyarse en un árbol! ¡Qué
barbaridad!

Aniceto se disculpó:

–Es que soy forastero –dijo.

Y la cangura se calmó algo y se
marchó.

Las casas también eran muy pare-
cidas a las de la tierra, pero no tenían puertas y la gente se tiraba por
las ventanas para salir. Claro que
como caían en luna, que era blanda,
no se hacían daño. Y para entrar
tenían que saltar y saltar, hasta que
conseguían llegar a las ventanas.

Pero los que más se parecían a los
de la tierra eran los pájaros y los
peces. Quitando que allí los peces
volaban y los pájaros nadaban, y al-

guna otra diferencia sin importancia, eran idénticos.

En esto Aniceto vio una casa monísima, de ventanas bajas, que estaba para alquilar, y pensó que como no sabía volver a la suya y que en alguna parte tenía que dormir, lo mejor sería alquilarla.

—Son cien dineros luneros —le dijo la dueña.

«Bueno, pensó Aniceto, tendré que buscarme un trabajo para pagar.»

Un poco más arriba había un taller de carpintería. Aniceto se acercó. Estaban haciendo unos armarios lunáticos para una casa lunar.

—¡Eh! ¿Me quieres ayudar? —dijo el carpintero—. A cambio te daré un talismán y podrás obtener lo que quieras.

Aniceto se puso a trabajar, pero lo hizo mal porque en la luna se hacen los armarios estilo lunático, y Aniceto no sabía y se tuvo que ir sin talismán.

Más allá había unos camiones luníferos, muy bonitos, que corrían como rayos. (¡De luna, claro está! Que en realidad son los del sol, pero ésa es otra cuestión). Aniceto se acercó.

—¡Eh, pequeño! —le dijo el dueño—. Si llevas este camión cargado de carbón al otro lado, donde lo están esperando, te daré dinero lunero.

Aniceto se montó en el camión cargado de carbón, que como era lunático, digo automático, se puso a correr como un rayo, pero Aniceto se olvidó de cambiar la dirección y se fue para el lado contrario, donde nadie lo estaba esperando. Y cuando volvió otra vez, con el camión y el carbón, el dueño se enfadó y le despidió.

—¡Ay qué desgracia! —pensaba Aniceto—. No sirvo para nada.

Más allá había una banda de música. Aniceto se quedó extasiado de lo bien que tocaban.

—¿Quieres probar? —le dijo el flautista lunar ofreciéndole la flauta lunática.

Aniceto probó y le salió muy mal (o sea fatal).

—¿Quieres probar? —le preguntó entonces el tamborista lunista.

Aniceto tocó el tambor y todavía le salió peor.

—¿Quieres probar? —le dijo un señor lunático que tocaba el piano.

Aniceto tocó y... ¡bueno, un horror!

Entonces Aniceto se volvió hacia el del acordeón.

—Quiero probar —dijo.

El del acordeón se lo dejó. Aniceto tocó y ¡qué primor! ¡Hasta los pájaros lunajeros dejaron de cantar en el agua para escucharle!

Ahora Aniceto formaba parte de la banda.

Siempre tocando, los músicos se

iban paseando por los pueblos luneros. La gente les aplaudía y les daba
monedas también luneras. Y en
esto...

—Aniceto ¿qué es lo que acabo de
decir?

Era el profesor. ¡Vaya lata! ¡Si estaba otra vez en el colegio!

Aniceto no tenía ni idea de lo que
acababa de decir el profesor.

—Estabas en la Luna, como de costumbre —se enfadó éste.

Bueno, no sé por qué lo decía.
Precisamente era la primera vez que
iba.

16 *Miguel el tramposo*

UN día Aniceto oyó mucho ruido en la calle. Se asomó y vio un camión enorme aparcado en la puerta de su casa.

Unos hombres sacaban de él mesas, sillas, butacas y otros muebles. Luego, los ataban a unas cuerdas, los subían por el aire y los metían por la ventana del piso de arriba. ¡Era divertidísimo! Aniceto no se perdió ni ripio.

Por fin los del camión acabaron y se marcharon. Pero entonces llegó un coche, y de él se bajaron un señor, una señora y un niño. Eran sus nuevos vecinos. El niño miró hacia arriba y vio a Aniceto.

–¡Hola! –le dijo.

–¡Hola! –le contestó Aniceto.

Y ya no se dijeron nada más, porque el niño entró en el portal y desapareció.

Aniceto corrió a abrir la puerta de la calle y vio cómo el ascensor subía hasta el piso de arriba, y luego oyó cómo entraban, y luego cómo cambiaban los muebles de sitio. ¡Menudo jaleo!

Unos días más tarde Aniceto se volvió a encontrar con su vecino, que resultó llamarse Miguel. Ambos volvían del colegio y se metieron juntos en el ascensor.

–¿Por qué no subes a jugar conmigo? –le invitó Miguel.

Aniceto dijo que bueno y subió. Pero la cosa no salió bien, porque Miguel era un tramposo que quería ganar siempre, y Aniceto acabó enfadándose y se marchó sin haber acabado la partida de parchís que estaban jugando.

Miguel también se enfadó mucho.

¡Menudo desplante le había hecho Aniceto! ¡Pues se las iba a pagar! Dentro de unos días iba a ser su cumpleaños y entonces se vengaría. Y Miguel empezó a contar a todos sus amigos que tenía un vecino muy tonto que se llamaba Aniceto.

—El día de mi cumpleaños le convidaré y ya veréis lo que nos reímos.

Y llegó el dichoso día. El infeliz de Aniceto, que no sospechaba nada, subió tan contento a casa de Miguel, empezó a jugar y ¡todos le hacían trampas! ¡Se habían puesto de acuerdo!

—¡Esa ficha es mía! —protestaba Aniceto.

—¡Qué va! Lo has debido de soñar —le decían los demás.

Pero Aniceto, que de tonto no tenía ni un pelo, no se lo creyó, se enfadó y no quiso seguir jugando.

—Es un bobo —decían todos.

Pero lo que les pasaba era que les daba rabia que les hubiera dejado plantados. Sólo Antonio defendió a Aniceto.

–Tiene toda la razón –dijo.

–¡Bah! No le hagáis ni caso y vamos a seguir jugando –dijo Miguel.

Y así lo hicieron, simulando que se divertían mucho, aunque no era verdad.

Aniceto no quiso ser menos y se puso a leer un T.B.O. haciendo que también lo estaba pasando muy bien y riéndose fuertísimo (aunque todo era de mentira).

La única que estaba feliz era la madre de Miguel, pues desde su cuarto oía tantas carcajadas que pensaba que la fiesta estaba siendo un éxito.

Pero Aniceto empezó a sentirse desplazado. En realidad, ¿qué hacía él allí? Había otros muchos niños en el mundo con los que podía jugar tan a gusto. Sí, se iría al parque a jugar con sus amigos.

Y ya se levantaba para irse,

cuando se le acercó Alejandro, que también se había peleado con los otros.

—Son unos tramposos —dijo—. ¿Quieres que juguemos tú y yo?

—Sí —contestó Aniceto.

Y entonces Antonio, que siempre había pensado que Aniceto tenía razón y que era muy simpático, se acercó.

—Yo también quiero jugar —dijo.

Y jugaron los tres. Jugaron a los ratones, al cachapu (un juego nuevo que sabía Antonio) y al dominó. Aniceto empezó a divertirse de verdad.

—¿Puedo jugar con vosotros? —preguntó Cristina.

—Si prometes no hacer trampas —dijo Aniceto que se había erigido en el jefe del grupo.

Cristina lo prometió, y al cabo de un rato Carlos, Irene y Marta también se unieron a ellos.

Aniceto se divirtió mucho aquella

tarde. Si la fiesta hubiera durado un poco más, estaba seguro que todos se hubieran unido a él. ¡Hasta Miguel!

17 *Fanfarroneando*

TU primo Carlos va a venir a pasar unos días con nosotros, mientras sus padres estén de viaje –dijo la madre a Aniceto.

–¿Y dónde va a dormir? –preguntó.

–En tu cuarto. Pondremos otra cama. Espero que os hagáis buenos amigos.

–¡Pero si es mayor que yo! –exclamó Aniceto.

–¿Y eso qué tiene que ver?

Aquella misma tarde Carlos llegó con sus padres y con un maletín. Luego, los padres se fueron y se quedaron Carlos y el maletín.

A Aniceto, el maletín le gustó. ¡Pero Carlos...! Era un fanfarrón. Nada más había que verle.

—¿Cuántos años tienes? —fue lo primero que preguntó a Aniceto.

—Diez.

—Pues yo once y voy a cumplir doce.

—¡Y yo también los pienso cumplir! —aseguró Aniceto, que estaba dispuesto a no dejarse achantar—. Y un día jugué al fútbol con los de once y ganamos a otro colegio.

Eso lo añadió para chinchar a Carlos, pues sabía que no jugaba al fútbol.

Pero Carlos respondió:

—¿Solamente juegas al fútbol? Pues yo también juego al rugby y monto a caballo.

—¡Y yo en bici! —chilló Aniceto. Y luego mintió—: Y también juego a rugby.

Pero pensó que, en realidad no era una mentira muy grave, porque Carlos había dicho que él jugaba al fútbol, y eso sí que era mentira. Así que él se defendía.

–Es que yo también sé jugar al tenis –siguió Carlos.

–¡Y yo! ¿Tú qué te has creído? –volvió a mentir Aniceto.

Pasó el tiempo y resultó que Carlos no era siempre así de bobo, y Aniceto se divertía con él a la salida del colegio. Pero estaba deseando que llegara el domingo para ir al parque y darle una paliza jugando al fútbol. En cambio Carlos lo que quería era ganar a Aniceto jugando al rugby.

Así que cuando llegó el domingo y fueron al parque, empezaron a discutir.

–Vamos a jugar al fútbol –decía Aniceto.

–No, vamos a jugar al rugby –decía Carlos.

–¿Por qué? Tú dijiste que sabías jugar al fútbol.

–Y sé, pero no me apetece.

–Apuesto a que no, apuesto a que no sabes.

126

–Y yo apuesto a que eres tú el que no sabe jugar al rugby.

Y así, peleándose agradablemente, pasaron la mañana y no jugaron a nada.

Pero mucho peor fue lo que pasó por la tarde... En realidad la idea partió de Aniceto, que estaba furioso y seguro de que su primo había mentido y tampoco sabía jugar al tenis.

–¿Sabes lo que me apetece hacer esta tarde? –dijo con muchísima mala idea–. Ir al club a jugar al tenis.

–Pues a mí también –dijo Carlos.

Aniceto se quedó algo mosca ante aquella respuesta, pero no estaba dispuesto a echarse atrás. Así que salieron camino del club, llegaron y alquilaron dos raquetas, porque ¡qué casualidad! los dos las habían perdido.

Fue entonces cuando Aniceto se dio cuenta de la situación. ¡Dios mío! ¿Qué hacía con eso en la mano? Si en su vida había jugado al tenis. ¡Mira que si Carlos sí sabía! ¡Lo que se iba a reír!

Gracias a Dios, las pistas estaban todas llenas y de momento no podían jugar. En cada una había cuatro tenistas, pues jugaban por parejas. Y en esto:

—En la última pista de la derecha falta un jugador, y en la última de la izquierda otro, así que, si no os importa hacerlo por separado, podéis jugar —les dijo un encargado.

Aniceto y Carlos dijeron que no les importaba. Ambos iban muy contentos porque las dos pistas estaban muy lejos y no se podían ver el uno al otro desde ellas.

Aniceto llegó a la suya de la derecha, pero nada más pisarla dijo que le dolía la cabeza y se marchó a su casa.

Carlos se fue a la pista de la izquierda, pero a los dos o tres minutos de hacer el ridículo (pues, por si no os habéis enterado, os diré que él tampoco sabía jugar) dijo que le dolía el estómago y se marchó a casa.

Aniceto llegó el primero y se metió en su cuarto sin que nadie le viera. Así todo el mundo creería que estaba en el club jugando al tenis. A Carlos le diría, cuando volviera, que le había estado buscando después de jugar, pero que no le había encontrado. ¡Con tanta gente como había!

Se enfrascó en la lectura de un libro emocionantísimo y cuando más entretenido estaba... ¡que alguien entra!

Aniceto ni lo pensó y a toda prisa se escondió en el armario.

El que había entrado era Carlos, que acababa de llegar, y se llevó un susto tremendo al ver que una mano cerraba el armario desde dentro.

–Tía, tía –dijo, corriendo al salón donde estaba la madre de Aniceto–.

Hay un hombre en mi cuarto y se ha metido en el armario.

–¿Pero de dónde sales tú? –le contestó su tía–. ¿No os habíais ido? ¿Y dónde está Aniceto?

–Está en el club, y en nuestro cuarto hay un hombre. ¡Que sí tía, de verdad! ¡Que lo he visto!

La tía se puso seria.

–¿Estás seguro?

–Segurísimo.

–Pues entonces –dijo la señora todavía más seria–, ve a casa de los vecinos y llama a la policía. Yo me quedaré aquí para impedir que se escape.

Carlos salió disparado, mientras su tía, que pensaba que la mejor manera de que aquel hombre tan terrible no se atreviera a salir era darle la impresión de que la casa estaba llena de gente, chillaba:

–¡Ramón, Adela, Nicasio, Nicolasa, Paco! ¿Qué queréis merendar? ¿Pan con jamón o con queso?

Y mientras, Aniceto, allí en el armario, estaba pasmado.

–¿Pero de dónde ha salido toda esa gente? –pensaba–. Y lo que es peor ¿cómo saldré yo de este lío? Todo el mundo cree que estoy fuera. Tendré que volver a salir y entrar por la puerta.

Se asomó a la ventana para ver si desde allí podía saltar a la escalera, y estaba en esta posición cuando la policía entró y le agarró.

–¡Soy Aniceto, soy Aniceto! –chillaba.

–Pues yo me llamo Zacarías –contestó el policía–. Y para más explicaciones, a la comisaría.

Ya se lo llevaban, cuando su madre le vio.

–¡Aniceto! –gritó.

Los policías se pararon. La madre de Aniceto se volvió enfadada hacia Carlos:

–Lo habéis planeado entre los dos. ¡Vaya broma pesada! Pues mire

–dijo dirigiéndose a la policía y empujando a Carlos–, bien pensado, llévense a los dos. Así aprenderán.

Carlos y Aniceto lloraban, la madre les regañaba enfadada, los policías no salían de su asombro. Por fin se marcharon también enfadados, y sin llevarse ni a Carlos ni a Aniceto, porque dijeron que no los querían para nada.

–Ahora me vais a explicar todo –dijo la madre.

Pero le costó mucho entenderles, porque Carlos y Aniceto mentían y no se explicaban nada bien. Por fin, a fuerza de preguntas, logró enterarse de todo.

–Verdaderamente –dijo–, sois tontos los dos. ¡Menudo domingo habéis pasado! ¿Y por qué teníais que mentir? ¿Es que no os considerabais lo suficientemente listos? ¡Si nadie sabe jugar a todo! –y la madre se marchó.

–Pues yo sí me considero lo suficientemente listo —dijo Carlos cuando se quedaron solos.

—Y yo también —dijo Aniceto.

—Entonces no mientas.

—Ni tú tampoco.

Parecía que se iban a pasar el resto del domingo peleándose otra vez, pero no fue así.

—¿Sabes jugar al bridge? —preguntó Carlos.

—¡No! —dijo rotundamente Aniceto.

—Y yo tampoco —aseguró Carlos.

Entonces Aniceto tuvo la mejor idea de aquel domingo.

—¿Y al dominó? —preguntó.

—Sí —contestó Carlos.

—Y yo también.

—Entonces vamos a jugar.

Jugaron y se lo pasaron fenomenal. ¡Pena que no hubieran empezado por ahí!

18 *A lo mejor*

DESPUES de cenar, Aniceto se acostaba y se dormía hasta la mañana siguiente, pero un día, mejor dicho una noche, no sucedió eso. Se acostó y también se durmió, pero no hasta la mañana siguiente, sino que se despertó a mitad noche.

Como no se veía nada, Aniceto empezó a dudar si todo seguiría en su sitio: ¿Estaría la lámpara en el techo y los libros en la biblioteca?

A lo mejor había entrado un ladrón y se lo había llevado todo.

Y a lo mejor el armario, sin pedir permiso a nadie, se había subido al techo y al día siguiente tendrían que comprar dos largas escaleras para llegar hasta él, la una de subida y la otra de bajada.

Y a lo mejor la lámpara había bajado y estaba en el suelo, erguida como una flor, sobre su cordón dorado. Y, envuelta en pétalos de cristal, la bombilla, dispuesta a lucir como un sol en cuanto Aniceto apretara un botón.

Y a lo mejor en el florero de la biblioteca estaba el patito feo nada que te nadarás, pues se había escapado de su libro mientras éste dormía.

Y a lo mejor, un poquito más lejos, la mecedora estaba acunando a su hijo recién nacido: un mecedoro chiquitín. Y la camilla, que era la abuela, sostenía el biberón.

Y a lo mejor la mesilla de noche se había convertido en mesilla de día, y se había ido al otro lado del mundo, donde eran las doce de la mañana.

Y a lo mejor la butaca, que estaba harta, se había puesto patas arriba.

¿Y la cama? La cama era una barca que iba a llevar a Aniceto a un país desconocido. Ya se había echado a la mar, ya empezaban a navegar, ya llegaban al misterioso país de los sueños.

Y a la mañana siguiente Aniceto dio la luz, miró alrededor y... la lámpara colgaba del techo, el armario estaba en el suelo, no había ningún mecedoro, nada había cambiado.

—Bueno —pensó Aniceto—, pero A LO MEJOR en la oscuridad todo era como yo lo imaginé. Lo que desde luego es mentira es que un ladrón haya entrado y se lo haya llevado todo, porque, aunque se hubiera arrepentido, no habría tenido tiempo de devolverlo.

19 *La cera*

AQUELLA mañana, nada más entrar en el colegio, Aniceto notó que algo extraordinario pasaba. Olía muy raro, como a aguarrás, y se oían muchísimas carcajadas por los pasillos. ¡Qué bien se lo debían de estar pasando sus compañeros! Aniceto corrió a reunirse con ellos y ¡cataplum! se cayó.

–¡Dichosa cera! –dijo el portero, ayudándole a levantarse–. Este es el décimo que se cae. ¡Cuidado! –chilló, viendo que entraba el profesor de latín.

El profesor echó un pie, y el pie, por su propia cuenta, se fue por ahí lejos, y el profesor se cayó.

–Ya se lo advertí –dijo el portero

corriendo hacia él mientras el profesor mascullaba unas cosas muy raras. Debían de ser tacos en latín.

Aniceto se marchó de allí por si las moscas, porque no quería líos. Enseguida se encontró a sus compañeros que estaban muy divertidos corriendo, empujándose y cayéndose por los pasillos.

—¡Vamos, Aniceto, juega tú también! —le dijeron.

Pero Aniceto no quiso y fue a sentarse en su pupitre. De repente le había entrado una vergüenza tremenda de caerse delante de todos, y que se rieran de él.

Por fin empezó la clase. Tocaba geografía y el profesor hizo salir a Mariví para que señalara en el mapa, y Mariví se cayó, y tiró el mapa, y al profesor al cual se había agarrado.

Todos reían menos Aniceto que pensaba:

—Mira que si el profesor me

manda salir a mí y también me caigo...

Y lo temido ocurrió.

—Aniceto, ven tú ahora —dijo el profesor.

Aniceto se levantó muy nervioso, echó a andar y se cayó tres veces seguidas: una pataspabajo, otra patasparriba, y a la tercera dio una voltereta y se quedó tumbado en el suelo, sin menearse de pura vergüenza. Algunos niños reían. El profesor le llamó:

—Aniceto, Aniceto.

—Aquí hay que hacer algo —se dijo Aniceto.

Y, sacando fuerzas de flaqueza, se levantó y saludó a derecha e izquierda, como había visto hacer a los actores en el teatro.

Un gran aplauso estalló por toda la clase. Algunos de sus compañeros comentaban:

—Lo ha tenido que hacer a propósito. ¡Nadie se cae así!

Aniceto empezó a sentirse mejor. Llegó al mapa sin más percances, y a la vuelta iba tan contento y descuidado que se cayó de medio lado. Pero enseguida se levantó y se rió. ¡No le había importado!

El día siguió lleno de percances. Por fin acabaron las clases y los niños volvieron a correr por los pasillos, y a empujarse, y a resbalarse, y a caerse. Pero entre ellos había uno que era el que más se divertía. ¿Adivináis quién era? ¡Pues Aniceto!

20 *La verdad triunfará*

Habia llegado el verano, y Aniceto, para variar, fue a pasar unos días a un pueblo muy, muy lejano. Tan lejano que ¡¡estaba fuera del espacio!! A casa de unos señores llamados Sole y Antón.

–Este pueblo está muy bien –le dijeron–, pero no te olvides de estar a las seis siempre en casa.

¿Por qué sería? Pronto lo sabría pues eran las seis menos cuarto. A las seis ¿qué pasaría?

El reloj de la plaza mayor dio seis campanadas. Todos corrieron a sus casas y, en esto, un gran estruendo sonó por todo el pueblo. Sole se asustó y cerró las ventanas, puertas y persianas. Todos los vecinos hacían lo mismo, hasta que el estruendo pasó.

–Aniceto querido –le volvió a decir Sole–, no te olvides nunca de estar a las seis en casa.

Aniceto prometió no descuidarse, pero como era un descuidado se descuidó. Sucedió un día en que fue a pescar sardinas (para meterlas en una lata, que era como más le gustaban) y cuando quiso darse cuenta ya eran las cinco y media. Su casa estaba lejos, no llegaría a las seis. De todas maneras, echó a correr.

El reloj de la plaza mayor dio seis campanadas cuando Aniceto estaba en la montaña, y desde allí todo lo vio: por un agujero que había cerca del pueblo empezaron a salir ratas y más ratas tocando unos tambores de hojalata.

En fila de a dos, y siempre tocando el tambor, pasaron por todo el pueblo armando un gran estruendo y, cuando hubieron acabado, se volvieron a meter en el agujero.

Aniceto bajó.

—¡Sole, no pasa nada! – le dijo a la señora–. Todo ese ruido sólo lo hacen unas ratas tocando tambores de hojalata.

Pero Sole le contestó:

—¡Por Dios, Aniceto! ¡No vuelvas a hacer eso! ¡Estate siempre en casa a las seis!

Entonces Aniceto se fue a ver al Alcalde y le dijo:

—Señor Alcalde, no hay nada que temer. El jaleo de las seis lo arman unas ratas tocando tambores de hojalata.

Y el Alcalde le dijo:

—¡Qué casualidad, en este momento iba a cerrar! –Se tomó una aspirina y se marchó de su oficina.

—Antón –dijo Aniceto al llegar a su casa–. Esta tarde a las seis estaba en la montaña y vi unas ratas tocando tambores de hojalata.

Antón contestó:

—¿No es hora de que estés ya en la cama?

¡Pobre Aniceto! ¡Nadie le hacía caso! Pero él seguía erre que erre:

—El ruido de las seis lo hacen unas ratas con tambores de hojalata.

—Este niño no está cuerdo. Lo debían llevar a algún médico —decía la gente.

Tanto dijeron, que Aniceto se quiso asegurar de que lo que él decía era verdad. Y un día, a las cinco y media, se escapó, se subió a la montaña y esperó.

Apenas habían dado las seis en el reloj de la plaza mayor, cuando de un agujero salieron las ratas tocando el tambor. ¡A Aniceto ya no le cabía duda!

Sole le regañó, pero él siempre contestaba:

—¡Si sólo son las ratas que tocan tambores de hojalata!

—¡Está loco, está loco! —decía todo el mundo.

Pero un día, a la vecina de al lado se le rompió la persiana. Llegaron las seis y la vecina, asustada, corrió a encerrarse en su casa. Pero lo que no pudo cerrar fue la persiana, y aunque su marido cogió un martillo y clavó unas cuantas tablas alrededor de la ventana, como era verano y hacía mucho sol, cuando las ratas pasaron, sus sombras se reflejaron en la pared de la casa de la vecina de al lado.

–¡Parecen sombras de ratas tocando el tambor! –dijo el hijo mayor.

–No, no. No lo son.

–Sí, sí. Sí lo son.

–¿Tendrá Aniceto razón? –discutía toda la familia.

La noticia corrió enseguida, pero la gente todavía no se lo creía.

–No puede ser, no puede ser –decían.

Sin embargo, Sole ya no regañaba a Aniceto cuando a las seis se escapaba, y pronto los hijos de la vecina de al lado también se escaparon, y volvieron contando otra vez lo de las ratas. La gente sospechaba y los niños se escapaban. El miedo se acabó y, como por descuido, la gente ya no cerraba del todo las persianas, y las sombras de las ratas aparecían a través de las ventanas.

La gente acabó asomándose y saludando a las ratas con los pañuelos.

¡Ahora todos daban la razón a Aniceto!

21 *Responsabilidad*

HABIA pasado mucho tiempo, y Aniceto había crecido mucho. Tanto que, un día, cuando iba corriendo por el pasillo, en vez de pasar por debajo del teléfono, que estaba colgado en la pared, pues ¡plaf! se dio con la cabeza contra él.

–No seas bruto, hijo –le dijo su madre–. ¡Que lo vas a romper!

Pero al día siguiente, Aniceto se olvidó de su estatura y ¡plaf! otro golpe. Sus padres acabaron llamando a la Compañía Telefónica para que cambiaran el teléfono de sitio, no fuera a ser que Aniceto se volviera tonto a fuerza de golpes en la cabeza.

Y, como seguía pasando el

tiempo, llegaron las Navidades. Los escaparates estaban preciosos. Aniceto fue a mirarlos el primer día de las vacaciones, para elegir los regalos que iba a hacer a sus padres, y también lo que iba a pedirles. ¡Había cosas preciosas! Seguro que a su madre le gustaría ese bolso azul marino. Precisamente llevaba mucho tiempo repitiendo: «Me hace falta un bolso azul marino». Y a su padre le hacía falta un paraguas, pues había perdido el que tenía en un partido de fútbol. ¿Llegarían sus ahorros para comprar un bolso y un paraguas?

En cuanto a él, bueno, ¡a él le gustaban tantas cosas...! Por ejemplo, de lo que había en el escaparate de la esquina le gustaban los patines, y el juego de bolos, y el traje de pierrot y... ¡todo! Es que le gustaba todo. Y venga a mirar, y venga a mirar, y en esto se fijó en algo que ya había visto antes, pero a lo que no había hecho ni caso. Era un papel pegado al cristal que ponía: «Se necesita chico para hacer paquetes durante las Navidades.»

–Y si entro y me coloco, a lo mejor, con lo que me den, pues ya me llega para el bolso y el paraguas, y a lo mejor también me da para los patines, y entonces pido a mis padres el juego de bolos y... bueno, voy a entrar a ver si me cogen.

Entró y ¡sí le cogieron! Empezó a trabajar al día siguiente. Al principio se armó un poco de lío con el papel, la cuerda y los regalos, pero al final de ese mismo día ya había adquirido tal práctica, que hacía los paquetes a toda velocidad: «pim, pum, pim, pam», ya está.

–Parece un chico listo –pensó el encargado.

Aniceto también estaba contento. Era su primer trabajo y se sentía muy importante.

–¿Adónde vas tan temprano, Aniceto? –le preguntó el portero al verle salir una mañana–. Si ya no hay colegio...

–Voy a trabajar –contestó Aniceto–. Me he colocado.

Y el portero se quedó mirándole con la boca abierta de la impresión que le hizo. Además, Aniceto se lo pasaba bien en la tienda, entre tantos juguetes y tanta gente que entraba y salía.

Pero cuando más se divertía era los días que tocaba cambiar el escaparate.

–Podemos poner a ese oso grande de trapo jugando a los bolos, y a la muñeca patinando –exclamaba Aniceto entusiasmado.

Pero el decorador, que era algo tonto, decía que no, que así que no, y que era él el que tenía que decir cómo. Luego se armaba un lío colocando las cosas, y al final acababa poniendo a la muñeca jugando a los bolos, y al oso patinando (por llevar la contraria a Aniceto, porque en realidad pegaba mucho más que fuera el oso el que jugara a los bolos, y la muñeca la que patinara). Y encima, el decorador se creía que todo había sido idea suya. ¡Qué le vamos a hacer!

Aquellas fueron unas Navidades muy frías. Como Aniceto iba bien abrigado no se costipó, pero, un día, el cajero cogió la gripe y no pudo ir. El encargado de la tienda llamó aparte a Aniceto.

—¿Qué tal andas de cuentas? —le preguntó.

—¡Muy bien! —dijo Aniceto.

Precisamente había sacado sobresaliente en matemáticas.

—¿Y si te encargas hoy de la caja?

Aniceto tembló. ¿Y si se equivocaba dando las vueltas?

—¿No podría seguir con los paquetes? —preguntó.

El encargado le miró desilusionado. A lo mejor no era tan listo como parecía.

–Está bien. Sigue con los paquetes –contestó.

Y él mismo se encargó de la caja.

Aquella noche nevó tanto que, por la mañana, para abrir la puerta de la tienda tuvieron que pasarse un rato quitando la nieve con una pala, y durante el día siguió haciendo frío, y nevando, y helando, y al día siguiente el decorador cogió la gripe.

Era justo el día antes de Nochebuena, y la gente compró muchas cosas. Tantas que hasta el escaparate quedó vacío.

–Pues habrá que volverlo a poner. Aniceto ¿lo quieres hacer tú?

Aniceto tembló. ¡El escaparate! ¡Una cosa tan importante y con la de gente que lo miraba! ¿Y lo iba a poner él solo? El caso es que le gustaría, pero...

–Aniceto, ¡te he preguntado que si te atreves a poner el escaparate! –volvió a decir el encargado.

Y en esto, de repente, Aniceto contestó:

—Sí, lo haré yo.

Y entonces sintió algo muy difícil de explicar, bueno, lo voy a intentar: se sintió fuerte como para poner el escaparate y afrontar sus consecuencias. Se sintió vivo y con ganas de tomar parte en la vida. Habría muchas personas que pasarían por allí, mirarían el escaparate y pensarían algo, y se lo deberían a él. Sintió, bueno, sintió que ya no era un niño. Que empezaba a ser un hombre.

Indice

EL BARCO DE VAPOR